ÉLIE FOURÈS

ONDELINE

POËME

PARIS
ALPHONSE LEMERRE, ÉDITEUR
47, PASSAGE CHOISEUL, 47

M. D. CCC. LXXII

ONDELINE

IMPRIMERIE TOINON ET Ce, A SAINT-GERMAIN.

ÉLIE FOURÈS

ONDELINE

POËME

FAC ET SPERA

PARIS
ALPHONSE LEMERRE, ÉDITEUR
47, PASSAGE CHOISEUL, 47

M. D. CCC. LXXII

A

MADAME COSTE-YON

Fil matinal sans bruit tissé
Avec mes rêves de jeunesse
Et les souvenirs du passé,
Ce petit livre, à son adresse,
Madame, est tout joyeux d'aller.
A votre nom qu'il se suspende,
Haut dans l'azur pour s'envoler,
Sans que jamais il redescende!

E. F.

PERSONNAGES.

ONDELINE.

RAPHAEL.

LE VIEILLARD de Bois-Renaud.

SIMÉON, parent de Raphael.

GUILLAUME MÉRIAN, père d'Ondeline.

LA MÈRE d'Ondeline.

LA GRAND'MÈRE.

PIERRE, valet de ferme.

Un Joueur de harpe.

Habitants de Boé.

Habitants de Layrac.

Sur les bords de la Garonne et du Gers.

ONDELINE

LA MOISSON

PROLOGUE.

UNE ROUTE POUDREUSE

côtoyant la Garonne.

RAPHAEL, LE VIEILLARD, à pied, gravissant une hauteur au soleil levant.

RAPHAEL, s'arrêtant.

Voyez-vous ce hameau, bâti sur l'autre rive?
C'est là...

LE VIEILLARD, se retournant.

Boé?

RAPHAEL, se remettant en marche.

Boé! — Seul et l'âme pensive,

J'avais, sur le matin, dépassé ces maisons,
Lorsque, le long des prés, foulant les courts gazons,
Admirant, près du bord, la Garonne tranquille,
Je vis, à ce contour, l'onde, ailleurs immobile,
Se rider lentement.
Je m'arrêtai, surpris,
Et du doigt j'écartai les ronces d'un taillis.

Une jeune fille était là, debout, drapée
Dans un large manteau.
Sur la hanche campée,
Elle semblait attendre, au loin fixant les eaux;
Ses cheveux descendaient en humides anneaux;
Blanche et nue à travers leur souple tresse blonde,
Sa gorge frissonnait; sur une épaule ronde,
Penchait son front serein.

Tout à coup, à cent pas,
Éclate un bref juron.
Aiguillon sous le bras,
Entre les peupliers, un laboureur se montre
Et se dirige, avec ses bœufs, à ma rencontre.

L'aube, sur les coteaux, s'ouvrait en fleur de lis,
Comme le paysan, vers un champ de maïs,
Guidait son attelage et tournait une haie;
Les cigales chantaient; dans son lit d'oseraie,
Le diligent hameau s'éveillait lestement,
Et portes et volets frappaient joyeusement.

La jeune fille enfin parut, sortant du fleuve!

Une femme, la mère, en noir foulard de veuve,

Et jusque-là cachée, accompagnait l'enfant;
La brise lutinait dans le manteau bouffant.

Elles passèrent;
puis, svelte, vive et gentille,
A mes yeux se perdit la blonde jeune fille.

Il me souvint alors que j'avais à Boé
Un vieux parent, depuis bien longtemps oublié.
J'allai le voir, un jour.
Retiré, solitaire,
D'un champ et d'un bateau calme propriétaire,
Il se livre à la pêche et fait quelques labours.

Le père Siméon, plein de verdeur toujours,
M'accueillit en aïeul, pétillant d'allégresse
Au souvenir des temps heureux de sa jeunesse.
Nous causâmes beaucoup, et, comme adroitement
J'amenais l'entretien sur mon événement,
Avec un fin sourire, au début :

« Je devine,
« Interrompt le pêcheur, c'était notre Ondeline!
« Elle nage!... on dirait une couleuvre d'eau.
« Et rustique et folâtre, aux pentes d'un coteau,
« Il faut la voir cueillant la vendange, en automne,
« Ou glanant dans les blés, aux bords de la Garonne.

« Parmi les fleurs, surtout, dans un jardin charmant,
« A massifs étoilés comme le firmament,
« Son râteau sur l'épaule, accorte travailleuse,
« Ou l'arrosoir en main, l'enfant est merveilleuse.

« Oh! d'Agen à Layrac, c'est moi qui vous le dis,
« Vous ne trouverez point visage plus exquis,
« Ni bras plus vigoureux.

Puis, en cadeau de noce,
« Elle aura bien encor une dot, belle et grosse :
« Guillaume Mérian est très-riche, morbleu !

« Maintenant, il voudrait se délasser un peu,
« Et, d'après ses récits, souhaiterait pour gendre
« Un bon cultivateur ; j'ai cru même comprendre
« Qu'il avait jeté l'œil sur un jeune fermier,
« Des terres de Cablon présomptif héritier.

« Seulement, la fillette aura voix au chapitre ;
« Et la grand'mère aussi chantera son épître.

« L'aïeule ne peut plus qu'évider son fuseau ;
« Pourtant, c'est, à bon droit, l'oracle du hameau.

« Il ne faut point parler à la fière grand'mère,
« De marier, ainsi que le ferait le père,
« Sa tige de bleuet avec un lourd chardon !

« Faible et douce, la mère, en deuil d'un nourrisson,
« Craindra de résister à ces forces unies
« Et d'affliger l'enfant.

Pour moi, j'ai deux amies :
« Ondeline d'abord et la Garonne après ! »

Le père Siméon se tut ;

limpide et frais,
Au couchant vaporeux montait le crépuscule.

« Elle se plaît assez dans mon humble cellule,
« Observa mon parent, et pourrait bien venir.
« Allons, un autre verre, avant de repartir ! »
Séduit, je restai tard sur pareille assurance...
Elle ne parut point, et l'inconstante chance
Ne m'a plus accordé de retourner là-bas.

Du revers de la route part un chant encore indistinct.

LE VIEILLARD, un doigt levé.

Attendez, Raphael!...
Ne connaissez-vous pas
Cette voix de cristal et cette chansonnette,
Vive, sonore, ailée... un vrai chant d'alouette,
Mêlé par intervalle aux lourds cahotements
D'un char ?

RAPHAEL, s'arrêtant.

Écoutons-la, maître, quelques moments!

LA VOIX, s'élevant claire et vibrante.

La fleur sourit, sous son voile,
Au gai ruisseau du chemin;
A la nuit sourit l'étoile,
L'aube sourit au matin.

Me direz-vous, gentil sire,
Où va votre long regard,
Où va votre long sourire ?
Est-ce vers moi, par hasard ?

En haut de la montée, apparaît dans l'azur du matin un chariot de moissonneurs. — Ils passent en saluant.

RAPHAEL, avec émotion.

Maître! derrière nous, regardez! Ondeline
Parmi les moissonneurs!... C'était sa voix divine!

LE VIEILLARD, se tournant à demi.

Oh! la blonde nuée à l'entour de ce front!

RAPHAEL, avec enthousiasme.

N'est-ce pas que sa vue est un philtre profond,
Enivrant le regard et l'âme et la pensée?

Rêveur.

Sublime vision en mes songes bercée!
Je la verrai toujours m'agacer et s'enfuir,
Et je marcherai seul, hélas! vers l'avenir.

LE VIEILLARD.

Croyez-moi, Raphael, gardez votre espérance!

RAPHAEL.

Ondeline, il est vrai, n'a point de ressemblance
Avec ces Béatrix aux sentiments bourgeois,
Qui m'ont trompé, déçu, désespéré vingt fois.
Je puis même ne voir dans ces amours vulgaires
Que des tentations, vaines et passagères.
Mais, dites! n'est-ce pas un présage alarmant?
Ne suis-je point voué, maître, à l'isolement?

LE VIEILLARD.

Enfant!... bannissez donc un semblable fantôme.
Voyez plutôt, autour, sous son magique dôme,

La terre se vêtir de gloire et de beauté!
Comme l'azur est vif, transparent, velouté!
Comme à l'horizon, teint de bandes purpurines,
Ondulent mollement les superbes collines!
Partout les moissonneurs entrent dans les sillons.

Tandis qu'Agen, au loin, recule ses maisons,
En face, rayonnant d'une blanche auréole,
L'église de Layrac rapproche sa coupole;
Le village apparaît, et, sur les sommets bleus,
Voici les trois fleurons de son front lumineux:
Lapeyre vers le sud; à l'orient, Fongrave;
Puis, notre Bois-Renaud, contemplant d'un air grave
La Garonne et le Gers, par-dessus ses ormeaux.

Nous arrivons!

Ici, près des bois, près des eaux,
Vous reprendrez, au sein d'une libre existence,
Tous les chastes espoirs de votre adolescence;
Secouant du passé l'énervant souvenir,
Vous vous préparerez un nouvel avenir,
Et nous irons ensemble, à travers cette vie,
Vous vers la fiancée et moi vers la Patrie,
Vous dirigé par moi, moi rajeuni par vous.

RAPHAEL, *à part.*

Ah! puisse le Destin suspendre enfin ses coups!

Ils passent.

UN CHAMP DE BLÉ

descendant en légères ondulations jusqu'à la Garonne.

PIERRE, GUILLAUME, MOISSONNEURS et MOISSONNEUSES, dispersés sous des arbres, vers l'heure de midi.

UNE MOISSONNEUSE.

J'y songe, quel était ce vieillard vénérable,
Qui nous a salués ? Comme il a l'air affable !

PIERRE.

Vous ne connaissez pas l'hôte de Bois-Renaud ?
Pourtant, depuis qu'il a porté son nid là-haut,
Dans cet ancien castel à toiture rouillée,
On parle assez de lui, l'hiver, à la veillée.
C'est un savant ! cela paraît à son aspect ;
Aussi l'appelle-t-on, soit usage ou respect,
Maître.

Au loin tinte l'Angelus.

GUILLAUME, se levant.

Debout, allons, debout, garçons et filles !
Morbleu ! vous jaserez au bruit de vos faucilles.
Avant la fin du jour, rassemblons notre grain,
Pour que nous n'ayons pas à revenir demain.

Du côté de Layrac, un orage menace,
Et quoique la maison soit à deux pas, en face,
Il faut, vous le savez, prendre un très-long détour.
Alerte! des grands rocs s'assombrit le contour
Et les mouches sans cesse avivent leurs piqûres.

ONDELINE, survenant, en chapeau de paille et robe flottante, présentant un bouquet de fraises sauvages.

Certe, on ne les a pas sans des égratignures,
Quoique, dans ces taillis, mûrissant par essaims,
On les puisse parfois cueillir à pleines mains :
Jamais buisson d'avril n'eut tant de violettes!

GUILLAUME.

Toi, va sur le gazon penser à tes fleurettes!
Pour tes pauvres, déjà, tu n'as que trop glané,
Et ton ruban lilas, vois, est presque fané :
C'est que l'ombrage est bon même à la cantharide!
Sous l'haleine de feu, le lézard intrépide
Recule et dans les bois s'abrite le bétail.
Reste donc en repos!...
Vous autres, au travail!

Moissonneurs et moissonneuses se répandent au milieu des sillons pendant qu'Ondeline s'assoit au pied d'un chêne.

UN JEUNE MOISSONNEUR, en s'éloignant.

Sous sa nuée, aux bords, vermeille,
Le soleil monte rayonnant;
De fleur en fleur, la blonde abeille
Vole et butine en bourdonnant.

Fais résonner ta chansonnette,
O moissonneuse, dans l'air bleu ;
Et la cigale et l'alouette
La porteront jusqu'au bon Dieu.

Puis, au refrain, brune fillette,
Un chœur joyeux te répondra,
Et si ta voix devient muette,
Un baiser la ranimera.

UNE SALLE

simple et vaste, éclairée par un jour blafard ; aux murs quelques tableaux.

RAPHAEL, LE VIEILLARD, sur le seuil de la porte.

LE VIEILLARD.

L'air fraîchit par degrés.

RAPHAEL, montrant la Garonne.

Comme les hirondelles,
Gazouillant, rasant l'eau, volent à tire-d'ailes !
C'est un présage sûr.

LE VIEILLARD, interrogeant le ciel.

Toutefois, sous le vent,
Les nuages ont pris le chemin du levant ;
A peine si leur frange, effleurant notre tête,
Hasarde un pâle éclair. Le gros de la tempête
Sévit au loin ; pour nous, l'orage sera court.

RAPHAEL, vivement.

Qui donc se hâte ainsi, là-bas ?... Qui donc accourt ?
Ce sont nos moissonneurs, il me semble.

LE VIEILLARD, regardant.

Nul doute,
Ce sont eux !

RAPHAEL.

Ondeline est bien là, sur la route.

Il pleut.

Ah ! voici que l'ondée aux vitres rejaillit !

LE VIEILLARD.

Il faudrait que quelqu'un pourtant les recueillît !..
Descendez, Raphael !... Offrons-leur un asile,
Comme à de vrais amis !

RAPHAEL, s'élançant au dehors.

Je pars gaîment docile !

LE VIEILLARD, seul et soucieux.

Pauvre enfant !... A part moi, je dois en convenir,
Son passé me fait peur aussi pour l'avenir.
La souffrance a rendu sa jeune âme plaintive,
Et je comprends qu'il ait la tête si pensive.
Sans amour, à son âge, oh ! c'est un dur tourment !
Pour surcroît de malheur, un noir pressentiment
L'obsède : l'on dirait que l'âpre Destinée
A quelque sombre fin sur lui s'est acharnée.

Entrent Ondeline, haletante et la joue enflammée, Raphael, les moissonneurs et les moissonneuses.

LE VIEILLARD, souriant.

Soyez les bienvenus, et tous reposez-vous !

Les examinant.

Vous étiez plus nombreux, ce matin, dites-nous ?

ONDELINE.

Mon père et le valet sont restés en arrière;
Ils ne manquent non plus de porte hospitalière.

Quelques moissonneurs et moissonneuses s'approchent des tableaux.

LE VIEILLARD, désignant un cadre vermoulu.

A ce portrait, revient un touchant souvenir;
Raphael le dira, sur votre bon plaisir,
Et nous attendrons mieux la fuite de l'orage.

RAPHAEL.

Volontiers.

Tous se groupent silencieusement autour du jeune homme.

LE VIEILLARD.

Le sujet aura votre suffrage.

RAPHAEL, comme s'il entamait un simple entretien.

C'était au temps fameux des quatre fils Aymon;
Ils venaient d'arriver chez le seigneur Yon,
En Gascogne.
Renaud, s'étant, un jour de chasse,
Égaré loin des siens, à l'heure où le soir passe
Et semble, dans les cieux, céder devant la nuit,
Parvint à la colline où depuis fut construit
Ce château féodal.
Là, pris de lassitude,
Il s'arrête, et d'abord, sur cette solitude
Promène ses regards.
Un bois de châtaigniers
Couvrait la plaine, en bas; parmi de verts lauriers,

Restés en vieux témoins près de son embouchure,
Le Gers, ayant tout l'air de chercher aventure,
Sinueux et sournois, errait en longs détours,
Et, tandis qu'avec bruit, dans un de ses contours,
La Garonne entraînait, superbe conquérante,
L'humble Gers, englouti comme une vague errante
Sous ses immenses flots, quelques pêcheurs, au point
Où l'étroite rivière au grand fleuve se joint,
Avaient dressé leur tente. Un peu plus tard, la ville
De Layrac se groupait autour de leur asile.

Ce récit, d'après eux jusqu'à nous apporté,
De vieillard en vieillard, au peuple fut conté.

Donc, la nuit arrivait, lorsque sur la colline
Monte le paladin.
Comme l'ombre décline,
Il attache Bayard, son noble et beau coursier,
Plus léger que l'aiglon, au tronc d'un marronnier;
Puis, sur l'herbe, il s'endort, dans un lit fait de mousse,
L'épée à son chevet.
La nuit, sereine et douce,
Aux brises de l'été déjà s'abandonnait,
Comme une amante en pleurs que l'amant délaissait
Et qui s'apaise enfin sous sa brûlante étreinte.

Renaud dormait encor, et, de sa flamme éteinte,
Le jour avec ardeur rallumait sur les monts
La lueur indécise et les pâles rayons;
Tous les nids en éveil agitaient la ramure;
Les blés, les arbrisseaux, en suave murmure,
Frémissaient, ondoyant aux souffles du matin,
Comme sous l'aile d'or d'un joyeux chérubin,

Volant des flancs du roc sur le dos de la plaine.

Renaud dormait encor, et, de sa chaude haleine,
Le soleil, dans les champs, faisait courber les fleurs,
Lorsque, d'un sein ému de rapides frayeurs,
Tout à coup part un cri.
Le paladin s'éveille
Et cherche du regard près de lui.
Son oreille
Aura saisi le bruit d'un pas sur le gazon :
Il se lève.
Glissant comme un léger rayon,
D'un taillis apparaît, rouge et toute tremblante,
Œil noir et cheveux noirs, prunelle étincelante,
Une enfant de seize ans, au visage étonné.

Le liseron des bois, à son front incliné,
Mollement balançait ses fleurs et son feuillage :
Étoiles scintillant sur une nuit d'orage !
La robe laissait voir, en ses plis onduleux,
Les bras, les pieds, le sein, brun et voluptueux,
Comme le sein ardent d'une fille d'Espagne ;
Elle avait un bouquet, cueilli dans la campagne
Ou pris sur le coteau.
Lourd encor de sommeil,
Renaud la contemplait, doutant de son réveil,
Craignant par un seul mot de faire fuir son rêve,
Une main en suspens et l'autre sur son glaive.
Ainsi, qu'il était beau, le noble paladin,
A la fois fier et doux, et dans l'air du matin,
Souriant du regard à la vierge craintive !
« N'es-tu pas une fée, errant sur cette rive ?
« Demanda-t-il enfin. De quel nom radieux

« Faut-il donc t'appeler, fantôme gracieux ?
« Oh! reste et parle-moi !
— Ma mère, répond-elle,
« Habite là, tout près; penché sur sa nacelle,
« Mon père, en ce moment, doit jeter ses filets
« Avec d'autres pêcheurs; moi, je fais des bouquets,
« Et je vais, dans les bois ou le long du grand fleuve,
« Me ramasser des fleurs : c'est ma parure, neuve
« Et fraîche tous les jours !... J'ai pour nom Lauréa. »

Là, fixant le chasseur que son air récréa,
Elle se tut.
Renaud, avec un bon sourire :
« Puisque ces bois, dit-il, ces eaux sont votre empire,
« Je m'abandonne à vous pour me dire où je suis,
« Le nom de la cité qui s'élève au loin, puis,
« Chez vous nous descendrons... La ville que j'habite
« A nom Bordeaux, et si quelquefois on vous cite,
« A propos de guerriers, Renaud, le fils d'Aymon,
« Ce sera moi.
— Là-bas, vous voyez Aginnum,
« Reprend la jeune fille, indiquant avec grâce
« La ville dont Agen occupe encor l'espace.
« Mais, venez! le soleil commence d'attiser
« Son grand brasier de feu, venez vous reposer !
« Auprès des belles eaux, l'ombre d'un fort platane,
« S'étendant sur le toit, couvre notre cabane;
« Nous avons des oiseaux, des chèvres, du poisson...
« Et ma mère aime tant l'hôte dans sa maison !
« Car il porte bonheur comme un nid d'hirondelle. »

A ces mots, elle part, et Renaud, derrière elle,
Aux bord du Gers descend, interdit, ébloui

Par cette enfant du ciel, à l'œil épanoui,
Ardent comme la flamme et pur comme une étoile.

Le repos fut très-court.
Sous une épaisse voile,
Prise à quelque bateau, Renaud s'étant assis,
Caressa du regard ce calme paradis,
Cet Éden, plein de fleurs, de fraîcheur, de silence,
Un vrai nid d'alcyons, que la paix, l'innocence
Et le mâle travail doivent seuls habiter.

Tandis que sous ses yeux, le Gers semble hésiter
A conduire ses eaux, dormantes et plaintives,
Ondoyante et splendide, entre deux vertes rives,
La Garonne s'enfuit comme un large serpent;
Des ravins, des rochers protégent au couchant
Les tentes des pêcheurs, donnant au paysage
Un pittoresque aspect, un air même sauvage.

Lorsque, sur son midi, le jour, avec ardeur,
Darde tous ses rayons, l'intrépide chasseur,
Attirant près de lui son Bayard indomptable,
S'élance et, sous les bois, en un bond formidable,
Saluant de la main la fille du pêcheur,
Pareil à saint Michel, l'archange du Seigneur,
S'enfonce et disparaît.
Or, le galop sonore
Du rapide animal retentissait encore
Et Lauréa debout sous un arbre écoutait,
Rêveuse et son sein nu de soupirs se gonflait.

Du brillant paladin, l'enfant s'était éprise
Et sa jeunesse, hélas! par cet amour surprise

Soudain avait frémi.
La pauvre Lauréa
A ramasser des fleurs plus ne se récréa,
Comme par le passé.
Dès le matin absente,
Elle allait chaque jour, pensive, languissante,
S'asseoir sur le coteau qu'il avait visité,
Et là, son grand œil noir sur la plaine arrêté,
Effeuillant quelquefois la blanche marguerite,
Ses beaux cheveux épars, seule au milieu du site,
Elle attendait.
Un jour, on ne la revit pas,
A l'heure où d'ordinaire on prenait le repas.

Les malheureux parents, en hâte, à la colline
Vinrent la demander.
Le reste se devine.
Sur le sol étendue, inerte, leur enfant,
Comme dans le sommeil par un songe attristant,
Fleur du jour épiant le réveil de l'aurore,
Telle que ce tableau nous la dépeint encore,
Paraissait obsédée.
Œil hagard et très-bas :
« Renaud, murmurait-elle, oh ! ne viendras-tu pas ? »

Comme au jour du départ, sous sa fauve paupière,
Le soleil flamboyait ; une mer de lumière
Sur les sommets lointains aux regards miroitait ;
En gerbes, le blé mûr dans les sillons montait,
Et Lauréa, mourant, la prunelle brillante,
A ses parents disait d'une voix défaillante :
« C'est là qu'il s'est assis, là je veux reposer ! »

Il paraît qu'à l'endroit où l'on vit se poser,

Plus tard, la grosse tour, sa tombe fut choisie,
Pleine encore pour nous de douce poésie.
Le bois où s'endormit le vaillant fils d'Aymon
Jusqu'à nous de Renaud a conservé le nom;
Et Layrac, des pêcheurs survivante famille,
Ne peut plus oublier la tendre jeune fille :
Leurs deux noms confondus d'âge en âge vivront,
Tant que de la cité les murs se dresseront [1].

LE VIEILLARD.

Bravo, mon Raphael!... Que dites-vous, vous autres?
C'est que ces souvenirs sont bien un peu les vôtres :
Le fleuve, simplement, nous sépare, et Layrac
Dut naître avec Boé dans le même hamac.

UN MOISSONNEUR.

Oui, l'on dit qu'un pêcheur fonda notre bourgade.

RAPHAEL, allant vers la porte.

L'arc-en-ciel apparaît!

LE VIEILLARD, entraînant Ondeline, les moissonneurs et les moissonneuses.

Sortons! De l'esplanade
On voit tous les endroits du récit. Seulement,
En place de forêts, quel cortége charmant
De cités, de hameaux, — opulente couronne, —
Se presse sur les pas de la vieille Garonne :
Sauveterre et Lafox, Agen et Dolmayrac,
Saint-Pierre-de-Gaubert et Saint-Jean-de-Thurac,

1. *Layrac* dérive de *Laurea aqua*, nom donné d'abord à la rivière et à ses alentours.

Bon-Encontre, fameux par son pèlerinage,
Saint-Christophe, Layrac et votre cher village,
Saint-Nicolas, Saint-Sixte et Caudecoste enfin!
Partout la vie éclate, ondule et court sans fin!
Grâce à vous, laboureurs, dans un éclat suprême,
Ce sol est relevé de l'antique anathème.
Sur ce large bassin, au bel Éden pareil,
Depuis notre hauteur jusqu'au roc de Monteil,
Les épis et les fleurs ont remplacé la ronce.

RAPHAEL.

Comme le crépuscule avec splendeur s'annonce!
Le front demi-voilé, plus belle sous les pleurs,
La terre exhale à flots le parfum pur des fleurs.

UN MOISSONNEUR, au dehors.

Ce spectacle nous manque au fond de la vallée.
Cependant l'on s'y plaît!... Mais, déjà, sur l'allée
S'égouttent les ormeaux... Nous décampons... Bonsoir!

Tous s'inclinent et s'éloignent.

LE VIEILLARD, du seuil de la maison.

Le Seigneur vous conduise, amis, jusqu'au revoir!

RAPHAEL, suivant Ondeline d'un œil ravi.

Ah! quel charme divin s'émeut à son passage!
Dans cet air embrasé, comme son blond visage
Rayonnait, et son sein, sous le léger corset
Avec grâce arrondi, comme il se soulevait!
O maître, n'est-ce pas que son âme candide
Vit tout avec les fleurs?

LE VIEILLARD.

Oui, sous cet œil limpide,
L'âme visiblement dort d'un chaste sommeil.
Peut-être, de ce jour datera son réveil.
Et c'est nous qui serons les auteurs du trophée.
Pour moi, je n'en aurais nul remords, si la fée
Fixait d'abord sur vous son amoureux regard.

RAPHAEL.

Je ne puis me promettre un semblable hasard.
Voyez-la s'en aller insouciante et vive!

LE VIEILLARD, un doigt vers la plaine.

Cette fumée, en bas, c'est la locomotive?
Il est temps de rentrer. Je me sens un peu las.
Venez! nous causerons en prenant le repas.

Ils disparaissent.

UNE MAISONNETTE

regardant la Garonne et ombragée par un large figuier.

ONDELINE, debout, LE PÈRE SIMÉON,
LA GRAND'MÈRE, assis devant la porte encadrée de liserons.

Crépuscule frais et pur.

LE PÈRE SIMÉON, préparant des scions d'osier.

Ainsi donc son récit vous arrachait des larmes.

ONDELINE, roulant entre ses doigts une branche de genêt.

Il avait au début un accent plein de charmes;
Mais, quand la pauvre fille en vint à dépérir,
A sa voix, on eût cru qu'il la voyait mourir.
Seulement d'y penser encor mon sang s'arrête.
Ses cheveux noirs tremblaient à l'entour de sa tête
Et me semblaient vibrer; il parlait comme un dieu!...

LE PÈRE SIMÉON.

Je le disais souvent, quand, l'hiver, près du feu,
Veillant tard jusqu'au point de tourmenter sa mère,
Il lisait sa leçon, je disais à son père :

« Cet enfant sera grand en science, vois-tu ! »
De son regard déjà sortait une vertu.
Oh ! le vieillard et lui s'entendront à merveille ;
Leur conversation doit être sans pareille...
Ma fillette, à propos, que me rapporte-t-on ?
Vous allez devenir fermière de Cablon ?
Est-ce vrai ?

ONDELINE, *avec une moue légère.*

Laissez-moi !

LE PÈRE SIMÉON.

Qu'avez-vous ? Maître Carle
Ne vous conviendrait pas ? Je sais, moi qui vous parle
Que chez lui, tous les ans, il se récolte bien
Plus d'un gros sac d'écus... Ne répondrez-vous rien,
Grand'mère ?

ONDELINE.

Que m'importe !

LA GRAND'MÈRE.

Œil de flamme et front large,
M'apprenait-on jadis chez mon oncle de Barge,
Valent beaux diamants et couronne d'or fin.
Carle m'a toujours l'air d'un fol épi sans grain.

ONDELINE.

Et puis, il n'aime pas les fleurs... M'allez-vous faire
Une croix de Saint-Jean, pour cet anniversaire,
Père Siméon ?

LE PÈRE SIMÉON.

Oui. Les herbes sont dedans,

Embaumant le logis comme un parfum d'encens.
Dès demain, ou je veux que la peste m'emporte,
Nous vous les suspendrons au-dessus de la porte.
Longue et blanche à souhait, la moelle de sureau
Se marie avec grâce aux feuilles du roseau.

LA MÈRE, *survenant.*

A l'instant, le curé finit ses patenôtres,
Aspergeant le bûcher... Qu'attendez-vous, vous autres?
Ne redoutez-vous pas de courroucer le saint ?
Si vous tardez encor, dans le brasier éteint,
Il ne restera plus, pour conjurer l'orage,
Aucun tison bénit.

ONDELINE.

Comme, au bout du village,
Vers l'azur assombri montent les rouges feux !
On a dû commencer les rondes et les jeux.
Partons !

LE PÈRE SIMÉON.

Mère, partez ! partez, ma sauterelle !
Nous vous joindrons, avant qu'une clarté nouvelle
Scintille à l'horizon. Notre pas est trop lourd ;
Il vous agacerait... Nous vous tiendrons de court.

Ondeline et la mère s'éloignent.

ONDELINE, *chantant.*

La nuit ondule
Au firmament.
Le crépuscule
Meurt lentement.

Tiges flétries,
Redressez-vous !
Mes fleurs chéries,
Regardez-nous !

LE PÈRE SIMÉON, se levant.

Elle et mon Raphael, voilà deux caractères
A rendre nos maisons riantes et prospères.
Il me semble, pour moi, que, près de ces enfants,
Je duperais la mort de quelque couple d'ans.

Il s'éloigne avec la grand'mère.

ONDELINE, reprenant.

Trempé de rose
Et de jasmin,
L'air vif repose
Du long chemin.
Blanches étoiles,
Rallumez-vous !
Sous vos grands voiles,
Veillez sur nous !

UNE CHAMBRE

illuminée par un beau clair de lune.

RAPHAEL, seul, accoudé sur sa fenêtre.

Comme des bois, des eaux, des sommets, de la plaine,
S'élève incessamment une voix calme et pleine !
Comme la terre chante et comme le ciel luit !

Les moissonneurs se sont dispersés à la nuit,
Et, sans doute, à cette heure, Ondeline repose
Dans quelque gracieuse ou nonchalante pose...
D'ici, l'œil, sans effort, aperçoit son hameau.

Il étend la main.

C'est là qu'elle sommeille au bercement de l'eau.

Puisse l'ange des nuits porter à son oreille
La plainte qu'en mon sein son image réveille !

Après un court silence, il reprend.

Jeune fille, veux-tu me servir de soutien ?
Veux-tu m'aimer, enfant ?
Un cœur comme le tien
Doit être plein d'amour et de tendre indulgence.
J'ai faim d'amour, vois-tu; j'ai besoin d'assistance :
Car dans l'isolement, lamentable prison,
Cerclée à tous les points du plus noir horizon,

Morne comme un désert, immense comme un monde,
Ma jeunesse se meurt, anxieuse, inféconde.

Exhalant jour à jour le cri profond de Job,
Voilà longtemps déjà que, pareil à Jacob,
Sous la pluie, au soleil, parmi bois et fougères,
Je mène paître aussi les brebis étrangères.
Seulement, au retour, l'œil joyeux, Israël,
Sur le seuil du logis retrouvait sa Rachel,
Tandis que moi, bien seul avec ma pauvre lyre,
Je suis toujours rentré, sans trouver un sourire,
Un regard, un salut d'amour ou de bonté,
Tombant du front ému de ma divinité.

Pourtant, ce que je rêve et qui manque à ma vie
C'est peu de chose, enfin, et le ciel me l'envie :
Une femme, Seigneur, qui m'aime et rien de plus !
Mais ôtez-moi de là, — pressentiment confus ! —
Ce démon de l'enfer qui, dans ma rêverie,
Se présente sans cesse et, ricanant me crie :
Au veuvage éternel condamné désormais,
Tu ne seras aimé jamais, jamais, jamais !...

LA VENDANGE

UNE VIGNE

en plaine, dorée par le soleil couchant.

Près d'un chariot chargé de cuves, ONDELINE, d'une main s'appuyant familièrement sur la corne d'un bœuf, de l'autre tenant une fleurette et chantant.

Avec cadence,
En tourbillon,
Mène ta danse,
Bleu papillon!

Viens dans la plaine!
Viens près des eaux!
Fais ton domaine
Loin des coteaux!

Laissez l'yeuse,
Gais vagabonds!
La scabieuse
Attend vos ronds

Autour de l'âtre,
A rangs pressés,
Troupe folâtre,
Volez! dansez!

Mais ma chandelle,
Bleu papillon,
Brûle ton aile...
Fuis ma maison!

Vifs et rapides,
Mes jeunes fous,
Aux airs limpides,
Dispersez-vous!

Sois plus farouche,
Gentil essaim!
L'homme te touche
Avec la main.

Ange docile,
Vers le bon Dieu,
Remonte agile,
Papillon bleu!

Surviennent Guillaume, le père Siméon, Pierre, des vendangeurs et des vendangeuses.

GUILLAUME.

Il ne manque à l'appel ni serpe ni corbeille,
N'est-il pas vrai ?... Dès lors, c'est moi qui le conseille,
Pierre, piquez vos bœufs, et tous marchez de front,
Car, s'ils attendent trop, les plats refroidiront.

Morbleu! jour de clôture est chez moi jour de fête!

LE PÈRE SIMÉON.

Déjà les hauts sommets assombrissent leur crête;
Il est temps de partir.

GUILLAUME.

Sans votre aide, ma foi,
Nos vendangeurs encor seraient en désarroi,
Tandis qu'à moins de mort, nous nous mettrons à table,
Au coup de l'Angélus.

LE PÈRE SIMÉON.

La récolte est passable,
Guillaume, cette année?

GUILLAUME.

Oui. Grâce aux soleils d'août,
Dans ces grains, mûrs à point, dort un généreux moût,
Et même, il se pourra qu'au réveil des fauvettes
Il fasse un vin de noce, entendez-vous, fillettes?

ONDELINE.

Ah! père Siméon, votre parent, là-bas!

LE PÈRE SIMÉON.

Mon Raphael!... Allons! je ne l'espérais pas.
Vous autres, décampez avant la première ombre,
Et tâchez de gagner la maison sans encombre!
Je vous suis... au revoir!... Vous déchargerez bien
Quelques cuves, sans moi?

GUILLAUME.

Merci ! ne craignez rien.

Le chariot s'ébranle.

VENDANGEURS et VENDANGEUSES, *à pleine voix.*

On entend partout, dans les granges,
De gais refrains, chantés le soir;
C'est que nous sommes en vendanges,
Et que le vin sort du pressoir!

UN CHEMIN

longeant la Garonne et bordé de trembles.

RAPHAEL, LE PÈRE SIMÉON, arrêtés.

Soirée calme et douce.

RAPHAEL.

Ah! ne m'en parlez plus!... Elle me désespère.

LE PÈRE SIMÉON.

Vous vous découragez trop vite, à la légère.
A-t-elle, par hasard, repoussé votre amour
Ou vous a-t-elle fait mauvais accueil, un jour?

RAPHAEL.

Eh! comment donc pouvoir dire à cette fillette,
Sœur des papillons bleus et sœur de l'alouette,
A cette âme impassible, insaisissable encor
Comme l'âme, endormie au fond de ces fleurs d'or,
A cette folle enfant, l'insouciance même,
Comment pouvoir jamais lui dire : « Je vous aime! »

L'autre soir, un voisin dépouillait son maïs;
J'y vins, vous le savez.
Au pied d'un tamaris,

Près de moi, souriante, elle traîna sa chaise...
Mon cœur, crédule et prompt, ne se sentait pas d'aise;
Il me semblait parfois que son œil me guettait,
En dessous, et le sang à ma tête montait;
Je l'aidais à porter ses feuilles dans la toile;
Puis,... tenez! vers le nord, voyez-vous cette étoile?
Qu'est-ce donc qui descend de ces tranquilles yeux?
Indifférence? amour pour la terre ou les cieux?
On interroge en vain... Voilà votre Ondeline!
En vain, l'on sonde aussi sa prunelle divine!...
Ah! ne m'en parlez plus!

LE PÈRE SIMÉON.

Soit! au moment voulu,
Vous me retrouverez; c'est un accord conclu!
Pour l'heure, nous allons souper tous en famille.

RAPHAEL, rêveur.

Qu'il est trompeur et doux l'œil de la jeune fille!

LE PÈRE SIMÉON.

Ainsi, je vous invite au toast des vendangeurs!
Quoique gens par nature un peu trop tapageurs,
Ils vous sauront bon gré d'être avec eux, à table,
Et leur contact n'est pas, après tout, redoutable.
Les parents, c'est certain, la grand'mère surtout,
— Depuis longtemps déjà vous êtes à son goût: —
Vous recevront fort bien. Au reste, ma cuisine
Est froide... L'on se met à côté d'Ondeline,
Et c'est autant de pris... Ne me refusez pas!

Au loin s'élèvent des chants indistincts.

RAPHAEL.

Attendez!... Écoutons!... Entendez-vous là-bas?

LE PÈRE SIMÉON.

C'est la ronde rieuse et plus échevelée
Qu'un vol de moucherons au tournant d'une allée!
Venez! Allons ensemble avertir le patron
Et vous vous mêlerez à ce gai tourbillon.

Ils disparaissent.

UNE ESPLANADE

Maisons d'un côté, de l'autre la Garonne.

Près d'un vieil ormeau, ONDELINE, couronnée de lierre et de fleurs bleues, debout et immobile; autour, GARÇONS et FILLETTES.

LE CHŒUR.

L'ombre ici nous environne;
Que la danse tourbillonne!
Sans être jamais lassés,
Que nos chants mènent la ronde,
Folle, ardente, vagabonde!

Ralentissant les pas et les voix.

Nous n'irons plus au bois; les lauriers sont coupés.

LE PÈRE SIMÉON, tenant Raphael par la main.

Voilà mon remplaçant!... Malheur à la fillette
Qui se plaindra de moi! Je veux qu'on la rejette
Et qu'aucun ne l'embrasse, aucun jeune garçon!

UNE FILLETTE.

Bravo!... Qu'on obéisse au père Siméon!

LE CHŒUR, entraînant Raphael.

Notre sol perd sa parure
Et sa verte chevelure
N'ombrage plus notre front.
Plus d'asile à nos mystères!
Désormais, loin des bruyères,
Pour conduire leurs jeux, fillettes s'en iront.

Mais la nuit nous environne;
Que la danse tourbillonne !
Que nos cœurs soient à l'amour!
Et, quand s'arrête la ronde,
Dans sa course vagabonde,
Cherchez, puis embrassez qui vous plaît à l'entour!

Ondeline, après avoir suivi d'un coup d'œil rapide les danseurs en suspens, va droit à Raphael et l'embrasse. On laisse Raphael au pied de l'arbre pendant qu'Ondeline se mêle au rondeau.

LE CHŒUR, reprenant.

L'ombre ici nous environne;
Que la danse tourbillonne!
Sans être jamais lassés,
Que nos chants mènent la ronde,
Folle, ardente, vagabonde!
Nous n'irons plus au bois : les chênes sont tombés.

GUILLAUME, survenant.

A table, mes amis!

Au clocher tinte l'Angélus. Garçons et fillettes se séparent.

GUILLAUME, à Raphael.

Sommes-nous prêt, mon hôte?

RAPHAEL, *radieux.*

J'ai promis de me rendre à l'Angélus, sans faute.
Me voilà...
Savez-vous que l'on se plaît ici,
Surtout quand le soir vient

Écoutant les vibrations sonores de la cloche.

et qu'on entend ceci.
Oh! les villes pour moi n'ont jamais eu de charme,
Et cet Agen fumeux ne vaut pas une larme
De regret, j'en réponds... A Layrac, nous avons
Beaux sites à choisir, collines et vallons,
Bois et rivières; puis, c'est la terre natale!

Montrant la Garonne.

Comme ce flot vous berce à sa voix musicale!

GUILLAUME.

Le pays est charmant, il faut en convenir,
On y récolte blé, vin, fourrage à plaisir.
Nous comptons, de ce coup, remplir toutes les tonnes;
Aussi, n'aurons-nous pas de fêtes monotones!

Ils s'éloignent en s'entretenant.

UNE SALLE

éclairée par quelques lampes s'affaiblissant.

ONDELINE, LA MÈRE, desservant la table; à l'écart RAPHAEL, GUILLAUME, LE PÈRE SIMÉON.

GUILLAUME.

Vous n'en savez pas plus que nous sur le vieillard ?

RAPHAEL.

Je vous l'ai dit...
Allons, je crois qu'il se fait tard,
Mon père Siméon ?

LE PÈRE SIMÉON.

Attendez donc encore !

RAPHAEL.

Quant à moi, je voudrais rester jusqu'à l'aurore.

LA GRAND'MÈRE, entrant lentement.

Au repas, on n'a pu, monsieur, que s'entrevoir.
Causons !

Elle s'assoit à côté de Raphael.

J'ai désiré si longtemps un tel soir !

C'est que nous connaissons vos succès de collége,
Et vous entretenir est un vrai privilége.
Demandez-le plutôt au père Siméon !
Notre fille n'a pas la même passion
Que vous pour la lecture, et là, son caractère,
A vous le confesser, ne me satisfait guère.
Ses fleurs l'occupent trop... Pour les mieux cultiver,
Avant l'âge, il fallut au couvent l'enlever
Et lui faire un jardin... Ah ! c'est une linotte !
Elle devra pourtant bientôt changer de note,
Ou sinon...
Là-dessus, n'allez pas supposer
Qu'elle manque d'esprit et ne sait point causer !
Quand elle veut, elle a plus d'une repartie
Et tance finement qui la prend à partie.

Voilà neuf ans, un jour, à pareille saison,
— C'était à nous ôter à tous notre raison ! —
Elle tomba malade et vint à l'agonie.
La vendange, pensez ! fut tristement finie.
Pendant que, jaune et froide, au lit elle râlait,
Mon mari, fou de peine, à travers champs errait ;
Guillaume, sur sa chaise, immobile et stupide,
N'entendait plus ; sa femme, abattue et livide,
Retirée en un coin, ne pouvait que pleurer ;
Moi seule, à son chevet, lente à désespérer,
Surmontant ma douleur et m'armant de courage,
Jour et nuit, je guettais la mort sur son visage.
Je puis vous l'avouer sans un orgueil banal,
Mon effort triompha de son terrible mal ;
Après Dieu, — nul ici ne dira le contraire, —
C'est moi qui l'ai sauvée !
Au fond du sanctuaire,

Avez-vous jamais vu notre fameux tableau,
Avec sa jeune fille, arrachée au tombeau,
Belle et très-pâle encor sous ses blancs et longs voiles ?
Maintes fois, j'envoyais, au départ des étoiles,
Sa mère, alors enceinte, au pied de notre autel,
Et là, l'œil reposé sur la Vierge du ciel,
Souhaitant à l'enfant pareille ressemblance,
Elle se nourrissait d'une douce espérance.
Voyez si pour cela vraiment j'avais le fil,
Aujourd'hui, les deux fronts ont le même profil,
Angélique et charmant; mais la ressuscitée
N'a pas de ma fleur d'eau la fraîcheur veloutée.

Et son nom doux, ailé, flexible, gracieux?
C'est à moi qu'elle doit son nom harmonieux.

Aussi, malgré les ans, entre nous, quelle entente !
Qu'elle ait joie ou chagrin, je suis sa confidente.
A table, comme au temps où, sur mes deux genoux,
Elle jouait, n'ayant qu'un seul verre entre nous,
On nous prend pour deux sœurs, tant elle me taquine,
Et tant ma folle tête avec elle lutine !
Par les soleils d'hiver, lorsque nous travaillons,
Côte à côte, il faudrait écouter ses chansons !

Ondeline et la mère, leur besogne accomplie, se sont approchées.

LA GRAND'MÈRE.

Ah ! j'y songe, pendant qu'en brumes vaporeuses
Arrive du dehors l'odeur des tubéreuses,
Avance-toi, fillette, et fais entendre, là,
Un de tes jolis airs ! C'est le moment.

ONDELINE, appuyant légèrement une main sur l'épaule de l'aïeule.

Voilà !

Elle chante.

Là-bas, au bord de l'anse,
Sur les cailloux luisants,
Le Nain des eaux s'avance !
Vous tous, réveillez-vous, ô nobles jeunes gens !
En seigneur, à sa guise,
Sous l'or et le velours,
Le démon se déguise.
Les jeunes gens dorment toujours.

A la danse, il arrive,
Et par ses airs galants,
Fillettes il captive.
Vous tous, réveillez-vous, ô nobles jeunes gens !
« Jouvencelle, à l'église,
« M'attendras-tu ?... J'accours. »
La rencontre est promise.
Les jeunes gens dorment toujours.

En entrant à l'église,
D'un fiancé, céans,
Le maudit prend la mise.
Vous tous, réveillez-vous, ô nobles jeunes gens !
Le prêtre : « Où donc, messire,
« Où donc, aux alentours,
« Se trouve ton empire ? »
Les jeunes gens dorment toujours.

« — C'est une longue plaine,
« Où soufflent les autans !

« Le fleuve est mon domaine !... »
Vous tous, réveillez-vous, ô nobles jeunes gens !
« Le fleuve est mon domaine !
« Partons, ô mes amours !
« C'est là que je t'amène ! »
Les jeunes gens dorment toujours.

Il dit, plein d'assurance,
Et tous les assistants
S'éloignent en silence.
Vous tous, réveillez-vous, ô nobles jeunes gens !
« — Nommeras-tu, peut-être,
« Les auteurs de tes jours? »
Demande encor le prêtre.
Les jeunes gens dorment toujours.

« — Dans une grotte verte,
« Né des glaciers géants,
« J'ai haut lignage, certe. »
Vous tous, réveillez-vous, ô nobles jeunes gens !
« Le mont, le mont immense
« Aux bruits, profonds et sourds,
« Abrita mon enfance. »
Les jeunes gens dorment toujours.

Alors, la fiancée :
« Tristes seront mes ans !
« Par les lames bercée, »
Vous tous, réveillez-vous, ô nobles jeunes gens !
« Au gai soleil ravie,
« Tristes seront mes jours !
« Morne sera ma vie ! »
Les jeunes gens dorment toujours.

Elle dit, l'âme en peine
Et le cœur en suspens.
Soudain, vers son domaine,
Vous tous, réveillez-vous, ô nobles jeunes gens !
Soudain, vers son domaine,
Dépouillant ses atours,
Le Nain hideux l'entraîne.
Les jeunes gens dorment toujours.

RAPHAEL.

Sous quelque rosier blanc, l'on a coupé, grand'mère,
Ses premiers ongles[1] ?

LA GRAND'MÈRE.

Oui. Demandez à son père.
Moi, je n'habite plus ces murs, en vérité,
Et son chant a rempli mon âme de clarté.
Jeune homme, à votre tour.

RAPHAEL.

C'est dit! ma chansonnette,
Quoique neuve pourtant, depuis longtemps vous guette
Elle fut composée aux instants de loisir.
Il sera l'heure, après, de nous en revenir.

Il se lève et chante.

Connaissez-vous, ô jeune fille,
La fleur des champs, couleur d'azur,
Fleur sans parfum, mais qui scintille

1. Parmi les aïeules, au pays d'Ondeline et de Raphael, il est de tradition que les enfants dont on a coupé les premiers ongles sous un rosier blanc, ont la voix plus claire et plus mélodieuse.

Comme votre œil, limpide et pur.
L'étoile lui prêta sa forme,
Quand, au soleil, elle s'ouvrit;
Pourquoi faut-il qu'un nom difforme
Sur elle vînt et l'assombrît ?

Rude au toucher est son feuillage,
Vert et sombre, à fins aiguillons;
Pauvre fillette au frais visage,
Enveloppé dans des haillons,
Elle se plaît loin de la route;
Dans les vallons elle grandit ;
Hors des jardins qu'elle redoute,
Libre et sauvage elle fleurit.

Chez nos aïeux, la druidesse
Parmi les simples la classait,
Et même, dans sa blonde tresse,
A ses cheveux l'entremêlait.
Fille du ciel par sa corolle,
Fille des champs par ses rameaux,
Elle rappelle, doux symbole,
La Vierge, chère aux temps nouveaux.

Pour en parer mon Ondeline,
Je la cueillais, au jour naissant;
C'était pour moi la célestine
Et ce nom me semblait charmant ;
L'autre, mon Dieu, n'importait guère !
Mais un savant, d'un air subtil,
La regarda : « Plante vulgaire !
« C'est la bourrache, » me dit-il.

Malgré ton nom et ton feuillage,
O fleur d'azur, je t'aimerai,
Et, chaque jour, sur ton image,
De ma beauté je rêverai.
Il me suffit qu'à sa couronne
Ton regard ait étincelé,
Pour que sur ta tige rayonne,
Ma fleur d'amour, un nom ailé.

LA GRAND'MÈRE.

Ah ! monsieur Raphael, vous êtes donc poëte !

RAPHAEL.

Quelquefois.
Le vieillard, à coup sûr, s'inquiète ;
Je devrais être là... Salut à tous !

GUILLAUME, LA MÈRE.

Bonsoir !

LA GRAND'MÈRE.

Mon Ondeline et moi, nous disons au revoir.

ONDELINE.

Au revoir !

LE PÈRE SIMÉON.

Raphael, au revoir ! bonne route !

RAPHAEL, *joyeusement.*

Adieu ! nous atteindrons le but, sans aucun doute.

Il part.

LE PÈRE SIMÉON, à la grand'mère.

Eh bien ! mère, voyons ! parlons de mon parent !

LA GRAND'MÈRE.

Il est loin et très-loin de m'être indifférent,
Mon père Siméon.

LA MÈRE.

Ce soir, je dois le dire,
Il nous a tous ravis ; personne ne sait rire
Comme lui.... D'habitude, il est trop soucieux
Et ne me paraît pas être aussi gracieux.

GUILLAUME.

Plusieurs l'ont affirmé, que répondre en échange ?
Il menait, dans Agen, une existence étrange.
Pensif, il ne sortait de chez lui qu'à la nuit
Et, comme une âme en peine, il s'en allait, sans bruit,
Gravir quelques coteaux ou hanter une église,
Pendant que les voisins souriaient de sa mise,
Un peu fantasque alors. Solitaire toujours,
Il perdait à rêver le meilleur de ses jours
Et recherchait les bois pendant les clairs de lune,
Au fond, peu diligent à ramasser fortune.
Enfin, — que cela reste au moins sous le verrou ! —
Vous le confesserai-je ?... il passait pour un fou.
Et son nouvel ami, dit-on, n'est pas plus sage,
Malgré les ans... Pourvu d'un très-bel héritage,
Il en a lestement dépensé les trois quarts
En libéralités, faites à des cafards.
En trois mots, ce sont là deux natures bizarres.

LE PÈRE SIMÉON.

Je te répliquerai sans que tu me rembarres,
Guillaume. Honnis soient ces absurdes propos !
Raisonnons comme gens d'esprit sain et dispos !
Raphael a souvent la tête trop pensive,
C'est vrai; moi, sur cela, parfois, je l'invective.
Avouons qu'à son heure, il sait être charmant
Et que son entretien tourne à l'enchantement.

On lui reproche donc d'aimer l'indépendance.
Parbleu ! j'admire fort pareille remontrance.
Ne lui vaut-il pas mieux visiter les bosquets
Que courir les tripots ou bien les cabarets ?
Préférez-vous le voir au fond de quelque bouge ?
Ah ! je sens bouillonner mon sang, ardent et rouge,
A cette rumeur sotte : « Il passait pour un fou ! »
Moi-même, quelquefois, j'ai les mœurs d'un hibou,
Quand je touche de près la vanité des hommes.

Il faut avoir passé par les temps où nous sommes,
Pour croire, jarnibleu ! que l'on puisse attaquer
Le vieillard, et sans honte oser le critiquer.
Parce qu'il tend sa bourse à de pauvres ménages,
C'est un imprévoyant !... Vos mesquins personnages
Ne peuvent concéder que l'on mette au-dessus
De l'argent, leur seul Dieu, quelques mâles vertus !

GUILLAUME.

Soit, père Siméon ! Futile est ce reproche,
Et, pour le repousser, de vous je me rapproche.
Passons !... Votre parent, on doit en convenir,
A déjà par deux fois rompu son avenir.
Pourquoi ?

LE PÈRE SIMÉON.

Là, nous voguons tous les deux côte à côte.
Mais nous avons compté, Guillaume, sans notre hôte.
J'ai, fraîchement gravée, au fond de mon cerveau
La réponse qu'un jour me fit le jouvenceau.
« Votre regard peut-il pénétrer cette voûte ?
« Me dit-il souriant et montrant, de la route,
« Le firmament muet. » Moi, je ne soufflai mot.
« Puisque vous ignorez les secrets de là-haut,
« Ajouta-t-il, comment voulez-vous sonder l'âme
« Et donner à tel acte ou l'éloge ou le blâme ?
« A vos yeux, les chemins où l'on me renfermait,
« N'avaient ni long détour ni pénible sommet ;
« Moi, je n'en mesurais la mortelle distance
« Qu'avec une invincible et sombre répugnance,
« Car je sentais que là n'est pas ma mission. »
Il reprenait : « Pourquoi mettre en suspicion,
« Avant de m'imposer les plus minces épreuves,
« Ma force et mon courage ? Attendez donc mes preuves. »
Ainsi se défendait mon brave Raphael,
Et, comme notre terre est vile près de ciel,
Près de ses beaux discours, très-pauvre est mon langage.

LA GRAND'MÈRE.

D'un esprit plein de sens ces mots me sont le gage.

GUILLAUME.

Je vous vois l'un et l'autre aller au même but.
Comme on doit arrêter le mal à son début,
Dès à présent, tout net, ici, je le déclare :
Mieux vaut la mettre à l'eau près d'un rameur ignare
Qu'abandonner ma fille à de pareils maris !

LE PÈRE SIMÉON, se levant.

Et moi, puisqu'à mon sang tu jettes ton mépris,
Je serais trop heureux qu'un semblable jeune homme
L'aimât... Avec sa tête et son esprit, en somme,
Je m'estimerais, moi, plus fort qu'un empereur,
Plus riche que le pape et que ton laboureur.
A ses fruits se connaît la terre préférée ;
A cet enfant aussi, limpide, inaltérée
Se reconnaît ma race... Un jour, j'en ai l'éveil,
Il aura bien son heure et sa place au soleil.
Que savons-nous ?... Enfin, s'il faut parler fortune,
Il pourrait advenir que notre tête brune
Eût pour sa fiancée un plus joli cadeau
Que tel fermier, montrant voitures et château.

LA GRAND'MÈRE.

Laissons ce dernier point !... A mon tour, je déclare
Que ce serait pour moi le bonheur le plus rare
De voir notre Ondeline épouser Raphael.
Qu'il lui plaise, à mon sens, c'est là l'essentiel.

GUILLAUME.

Allons ! elle a le temps de réfléchir encore...

LA MÈRE.

Avant de se lier.

GUILLAUME.

Depuis que l'on pérore,
On aurait transvasé six cuves environ.
Nous aidez-vous demain, vous, père Siméon ?

LE PÈRE SIMÉON.

Mes filets étendus, je suis à ton service.

GUILLAUME.

A demain et merci !

LE PÈRE SIMÉON, *s'éloignant, à Ondeline.*

Sur la moindre malice
De leur part, appelez ! A l'instant, me voilà.

LA GRAND'MÈRE.

Eh ! père Siméon, ne suis-je donc pas là ?

UNE CHAMBRE

meublée rustiquement; au mur, une vieille lampe.

Près d'un grand lit, L'AIEULE, assise dans un lourd fauteuil; à côté, ONDELINE, debout, les tresses dénouées.

ONDELINE.

Êtes-vous sûre au moins qu'il m'aime, bonne mère ?

LA GRAND'MÈRE.

Je ne me trompe pas. C'est un franc caractère,
Et sous son œil puissant reluit un cœur viril.

ONDELINE.

Nous nous sommes à peine entretenus; sait-il
Que je l'aime aussi, moi ?

LA GRAND'MÈRE.

Pauvre âme transparente !
Vainement tu voudrais jouer l'indifférente,
Raphael n'aurait pas l'esprit assez simplet
Pour se prendre un instant à pareil trébuchet.

ONDELINE.

Dites ! se plaira-t-il à notre vie agreste ?

LA GRAND'MÈRE.

Ici sera le nœud le plus gros qu'il nous reste
A délier. Pourtant, j'espère réussir.
Je rumine un projet pour nous tous réunir.

ONDELINE.

Et mon père ?

LA GRAND'MÈRE.

Sans lui, moi-même, je me charge
De te faire une dot avec mon bien de Barge.
Mais, crois-moi, de sa part, ne crains rien d'ennuyeux;
Guillaume tient à toi plus qu'à ses propres yeux.
Ainsi, l'essentiel, selon moi, te regarde.
Surveille-toi, petite, et désormais, prends garde
Par quelque fol écart d'embrouiller l'écheveau.
Mets des ailes, surtout, sinon, mon frêle oiseau,
Tu resteras en bas, sur ton nid, près de terre,
Pendant que Raphael se rira du tonnerre.

ONDELINE.

Je vous obéirai, bonne mère. Au surplus,
Personne, à la maison, ne me connaîtra plus.
Soyez-en avertis !

LA GRAND'MÈRE.

C'est dit ! retourne vite
Et sans bruit, à ta chambre ! Allons, gagne ton gîte !

ONDELINE.

Ma porte est entr'ouverte et j'ai le pas léger.

LA GRAND'MÈRE.

Tu n'es que peu vêtue ; il faut te ménager.

ONDELINE.

Bonne mère, à demain !

Elle l'embrasse.

LA GRAND'MÈRE, se levant.

Tous dorment à la ronde.
Va reposer en paix, ma chère tête blonde !

Elles se séparent.

UNE FONTAINE

en ruine, faiblement éclairée par la lueur des étoiles et ombragée par quelques saules.

LE VIEILLARD, seul, assis sur une pierre.

Oui, la vie à leur lèvre erre, voltige et sort,
Tandis que notre souffle a des germes de mort.
Depuis que cet enfant auprès de moi demeure,
Il me semble aspirer une haleine meilleure.
Que j'ai cherché longtemps un digne compagnon
De ma retraite ! Enfin, le choix me paraît bon.

Je le vois clairement aujourd'hui, sur cette âme
Pesait le triste joug d'hommes, dignes de blâme.
Non, Raphael n'est pas marqué du sceau fatal
Et d'étroits directeurs ont fait seuls tout le mal.
Qu'ils avaient méconnu ton intime nature,
O doux esprit formé d'une essence si pure,
O cœur ivre d'amour, altéré de beauté,
Toi qu'un regard de femme emplit de volupté !

Puisse-t-il maintenant réaliser son rêve
Et reposer joyeux dans une molle trêve !

On entend un pas rapide.

Quel est ce bruit ?

Allons ! je crois que le voilà.

Il écoute.

Appelant.

Raphael ! Raphael !

RAPHAEL, de loin.

Maître ! vous êtes là ?

LE VIEILLARD.

Accourez donc, enfant !

RAPHAEL, apparaissant.

Ce soir, j'ai des nouvelles
A tenir plusieurs nuits en éveil mes prunelles...
Elle m'aime, c'est sûr !... Je vais vous le conter.
Pendant un gai repas que m'a fait accepter
Le père Siméon, j'ai vu la jeune fille
S'asseoir auprès de moi... D'abord, vive et gentille,
Elle m'avait, avant, au milieu d'un rondeau,
Choisi par un baiser comme son jouvenceau.
Ce fut d'heureux augure... A table, pire encore !
Sa voix, son air, ses yeux, tout parlait... Je l'adore !

Un jour, il m'en souvient, je pris un jeune oiseau,
Gros et rond à peu près comme l'œil d'un taureau ;
C'est, je crois, l'an passé... Vivant, gentil, alerte,
Il avait un vieux nid dans une cage verte ;
Je lui donnais de l'eau, du grain, à volonté
Et j'aimais les éclats de sa vivacité...
Il mourut... Le dirai-je ? A l'aspect d'Ondeline,
Il me semble revoir sa tête si mutine,
Sa grâce aérienne et son mobile esprit.
L'âme de mon oiseau dans cette enfant revit.

Mon lutin n'avait pas le chant de la fauvette ;
Seulement, il jetait, de son escarpolette,
Un cri, si pénétrant qu'il ébranlait mes os.
Ainsi, dans ce repas, elle a dit quelques mots ;
Ils m'ont enveloppé dans un divin bien-être.

LE VIEILLARD.

Celle-ci, Raphael, vous comprendra peut-être ?

RAPHAEL

Désormais, en causant, d'elle je puis savoir
Si son penchant répond à mòn secret espoir.
D'une étreinte aujourd'hui, quand il serait de marbre,
D'un souffle, d'un baiser, j'animerais cet arbre.
Maître ! son jeune esprit sera transfiguré !
Comme un astre puissant, je la dirigerai
De sa rive écartée à notre belle plage !
Elle m'aime ! Voyons, en faut-il davantage ?

Avec enthousiasme.

Fleur de givre, étoilant la brume du matin,
Mystérieux génie apaisant mon destin,
Nymphe de notre fleuve ainsi que de la plaine,

Montrant le ciel.

J'en jure par ces feux et par cette fontaine !
C'est là l'Ève attendue !

LE VIEILLARD.

Et les parents, mon cher ?

RAPHAEL.

Avec eux, il faudra, pour sûr, croiser le fer.

N'importe! je suis prêt à soutenir la lutte,
Sans que ma volonté désormais se rebute.
C'est le moins, après tout, qu'en défendant mes droits,
Je réduise à merci quelques cerveaux étroits,
Et ne me laisse pas ravir ma fiancée.
Je ne veux pas pourtant leur mettre en la pensée
Que j'épouse Ondeline à cause de son lot;
Aussi, n'irai-je pas dire mon dernier mot
Qu'enfin je ne me sois conquis l'indépendance.

LE VIEILLARD.

Ici, la solitude est pour vous sans souffrance,
Maintenant : attendons, Raphael, que le sort,
Favorable à nos vœux, vous conduise à bon port.

Se mettant en marche.

La terre s'assoupit, de plus en plus tranquille;
Il est tard; remontons vers notre doux asile!
Les chants des travailleurs meurent sur les coteaux
Et le vent froid commence à frôler nos ormeaux.

RAPHAEL, fredonnant.

Aux bords de la Garonne,
— Je l'aperçois là-bas! —
Croît une fleur d'automne.
Ne me la cueillez pas!

Une fleur, rose et frêle.
La voyez-vous là-bas?
Comme sa tige est grêle!
Ne me la cueillez pas!

Ma fraîche vendangeuse,
Je l'aperçois, là-bas,
Délicate et rêveuse.
Ne me la cueillez pas!

Elle a l'air de sourire!
La voyez-vous, là-bas,
Comme elle semble dire :
Oh ! ne me cueillez pas!

L'HIVER

UNE LANDE

semée de pierres noires, de houx, de bruyère et de genévriers.

RAPHAEL, seul, adossé contre un arbre et suivant d'un œil triste les nuages grisâtres.

Pour quelle œuvre inconnue, ô Puissance implacable,
Me façonnes-tu donc ?... Un voile impénétrable
Ferme à son horizon mon chemin défleuri;
Pour une nuit sans fin, mon pauvre cœur flétri
Redescend dans sa tombe un instant entr'ouverte.
Mon courage se lasse et l'espoir me déserte.
Toujours déçu, toujours frappé d'isolement,
Toujours environné d'un sombre firmament,
Ne me faut-il jamais jouir de ma jeunesse ?
Sous mon trop lourd rocher gémirai-je sans cesse ?
Ah! puisque le Destin m'a fait un sort pareil,
Qu'il soit maudit!... Et toi, rêve de mon sommeil,

Trompeuse vision ardemment caressée,
Va, sors de mon regard et fuis de ma pensée !

LE VIEILLARD, *survenant.*

Raphael !... Qu'avez-vous ? Je vous guette en secret
Depuis un mois déjà. Vous avez un regret.
Répondez ! Votre esprit redoute-t-il des piéges ?

RAPHAEL.

Hé bien ! maître, voici.
Lors des dernières neiges,
Vous savez, j'allai voir le père Siméon.
Après une nuit claire et froide, à l'horizon
Légèrement voilé de brumes vaporeuses,
Le soleil, s'épanchant en gerbes lumineuses,
Sortit pur et serein du brouillard ébranlé,
Et monta dans l'azur profond, immaculé.
Allègre et vigoureux, je dévorais la route,
Admirant tour à tour et la splendide voûte,
Et la plaine étalant son superbe linceul,
Et les arbres chenus comme un crâne d'aïeul,
Et le fleuve roulant sombre entre ses deux rives.
Mon regard poursuivait les vapeurs fugitives,
Ou contemplait les rocs fantastiquement blancs,
Et vif, chaque rayon, sur ces immenses bancs
De givre, à chaque grain, allumait une flamme.
L'amour, la poésie inondaient ma jeune âme.

Tout à coup un frisson dans mes veines courut :
A l'angle du chemin Ondeline parut.
Elle chantait, coiffée, ainsi que nos fillettes,
D'un ravissant foulard à teintes violettes,

Roulé divinement autour des cheveux blonds.
La neige, à petit bruit, grinçait sous ses talons.
Elle semblait vêtir une gloire divine,
Tandis que souriait sa lèvre rose et fine.

Elle me salua... plus belle que le jour!
Jamais je n'ai senti pour elle autant d'amour!

Nous parlâmes longtemps... Tenez! que vous dirai-je?
Pourquoi renouveler ce souvenir?... J'abrége.
Sachez donc qu'il existe un abîme entre nous,
Que cette âme livrée à des démons jaloux
Ne pourra point monter dans ma sphère idéale.
On dirait par moments une âme végétale.
Elle m'alourdira la vie, à chaque pas,
On me laissera seul... « Je ne vous comprends pas! »
Tel est son mot cruel, terrible, insoutenable.
Ah! je suis harcelé par un sort implacable!

LE VIEILLARD.

Enfant, vous aigrissez à plaisir vos tourments.
Votre œuvre ne se peut faire en quelques moments,
O jeune homme! Pensez! la pauvre adolescente
Est ingénue encor comme une fleur naissante.
On doit la ménager... Il faut, mon Raphael,
Pour conduire un esprit de notre terre au ciel,
Que le fort Rédempteur, selon un beau modèle,
Soit à sa mission jusqu'à la Croix fidèle.

Ils restent rêveurs et silencieux. — Du clocher de Layrac tombe un glas funèbre.

RAPHAEL, avec accablement.

Maître! Écoutez le son de cette cloche en pleurs!...
Malgré moi, je suis pris d'invincibles terreurs.

Tout se montre à mes yeux périssable, éphémère.
Je ne cesse de boire une liqueur amère.
Mort et néant! Voilà le lugubre refrain
Chanté par la nature et par la voix d'airain!
L'air, les bois et les eaux traînent un deuil immense
Et je souffre dans l'âme une atroce souffrance.
On ne voit que ruine et désenchantement!
J'ai peur comme autrefois, peur de l'isolement.
Il me revient toujours comme un remords étrange
A l'aspect du passé.
Depuis cette vendange,
Après trois moins d'attente et trois mois de labeur,
Mon avenir lui-même apparaît-il meilleur?
Mes anciens compagnons, la tête dans la joie,
Tranquilles, honorés, ont su trouver leur voie
Pendant que je rugis au fond d'un vrai tombeau.
Ma vertu n'est pour moi qu'un injuste fardeau!

Pauvre captif, assis le long de mornes fleuves,
Ah! laissez-moi pleurer sur nos dures épreuves!
Nos jours sont si mauvais, mauvais pour le croyant,
Mauvais pour le poëte et mauvais pour l'amant!
On n'a jamais vécu sous de plus tristes heures!
Au fond de tous les cœurs, dans toutes les demeures,
La poésie est morte, et l'amour et la foi!

Oui, je veux m'exiler loin d'ici... Laissez-moi!

LE VIEILLARD, affectueusement.

Votre âme, Raphael, ne fut pas envoyée
Pour cet apostolat dont elle est effrayée.
Les hommes trop longtemps, au nom de Jésus-Christ,
Ont assombri, faussé, torturé votre esprit.

Ne soupçonnez pas Dieu de songer à vous nuire!
Ce que l'homme a bâti, l'homme peut le détruire.
Nous vous délivrerons de ces germes malsains,
Car les fronts les plus beaux, ce sont les fronts sereins.

Enfant, par le travail, l'amour et la souffrance,
Agrandissez le cœur avec l'intelligence
Et vous obligerez un jour votre Destin
A vous placer très-haut, à votre rang enfin.
Plus vous pourrez le bien et plus votre influence
S'étendra! C'est la loi chère à la Providence.
Je vous l'ai dit souvent et je vous le redis,
L'avenir sera tel que vous l'aurez conquis.

Revenez à Boé, ma jeune tête brune!
Que ne puis-je dompter ma fatigue importune,
Je vous y mènerais!... Revenez à Boé!
Ce léger désaccord sera vite oublié,
Et vous retrouverez, avec votre Ondeline,
Et votre poésie et votre foi divine.

Avril soulèvera ce lourd plafond brumeux,
Et puis, qui sait?—j'en ai comme un présage heureux,—
Peut-être, grâce à vous, grâce à ces jeunes filles,
Renaîtront les grands jours et les belles familles.

Ils s'éloignent.

UN CHATEAU

vaguement dessiné dans d'épaisses ténèbres.

VOIX, rudes et monotones, chantant.

L'aguilloneux [1] va revenir!
Par la fête,
Qui s'apprête,
Aguilloneux! il faut ouvrir.

UNE VOIX.

Gentils seigneurs, avec largesse,
Aguilloneux! faites vos dons!
En votre honneur, nous chanterons,
Gentils seigneurs, avec liesse.

CHŒUR.

L'aguilloneux va revenir!
Par la fête,

1. *Aguilloneux*, corruption du fameux cri : *au gui l'an neuf!* Dans quelques contrées du midi, les jeunes villageois vont par troupes chanter le soir, de porte en porte; on leur donne des œufs, de la farine et quelquefois de l'argent. Avec une partie de la recette, ils offrent, la nuit de Noel, un pain bénit et consacrent le reste à de champêtres banquets.

Qui s'apprête,
Aguilloneux! il faut ouvrir.

DEUXIÈME VOIX.

Vivez encor longues années,
Noble vieillard au cœur si bon!
Soyez sauvé de l'abandon,
Jusqu'à la fin de vos journées!

CHŒUR.

L'aguilloneux va revenir!
Par la fête,
Qui s'apprête,
Aguilloneux! il faut ouvrir!

TROISIÈME VOIX.

Puissent les saluts d'hyménée,
Gentil seigneur, vaillant et doux,
Vous couronner du nom d'époux,
Avant que l'herbe soit fanée!

CHŒUR.

L'aguilloneux va revenir!
Par la fête,
Qui s'apprête,
Aguilloneux! il faut ouvrir.

QUATRIÈME VOIX.

Gentils seigneurs, avec largesse,
Aguilloneux! faites vos dons!
En votre honneur, nous chanterons,
Gentils seigneurs, avec liesse.

CHŒUR.

L'aguilloneux va revenir!
Par la fête,
Qui s'apprête,
Aguilloneux! il faut ouvrir.

Le vieillard, Raphael, sortent avec un flambeau. Apparaissent quatre têtes de jeunes paysans, accotés à de lourds bâtons.

LE VIEILLARD, distribuant quelques dons.

Merci de vos souhaits! Dites-nous d'où vous êtes?

UN PAYSAN.

De Boé, mes seigneurs. Nos mains sont toujours prêtes
A vous servir.

LE VIEILLARD.

Soyez deux fois les bienvenus!
Les habitants du bourg vous sont-ils tous connus?

LES PAYSANS.

Tous.

LE VIEILLARD.

Vous annoncerez à ce pêcheur qu'on nomme
Le père Siméon que bientôt mon jeune homme
Ira le visiter.

LE PAYSAN.

Nous vous le promettons.
A tous les deux, salut!

LE VIEILLARD.

A vous gras réveillons!

Les paysans s'éloignent.

RAPHAEL *au vieillard, en rentrant.*

A quoi bon revenir ? La blessure est mortelle.
Même, après ce long mois, me reconnaîtra-t-elle ?

UNE ÉTABLE

Près d'une paire de bœufs, GUILLAUME, appuyé sur une fourche; en face, LA MÈRE, une poignée de paille à la main.

Aube nébuleuse.

GUILLAUME.

Je n'aurais jamais cru qu'elle l'aimât ainsi.
Vraiment, elle commence à donner du souci
Et, depuis quelques jours, dépérit à la vue.
C'est une épreuve, là, qu'on n'avait pas prévue !
Si Raphael voulait habiter avec nous,
Surveiller les travaux, ce serait assez doux.
Où la mènera-t-il si moi je la lui donne ?

LA MÈRE.

Tes sévères refus, aux vendanges, pardonne
A ma sincérité ! la tourmentent, je crois.
Elle n'ose avouer son penchant, je le vois.
Si pareille existence encore se prolonge,
Elle ne tiendra pas au chagrin qui la ronge.
Son teint, — il a fallu que le trait fût amer, —
Est plus pâle déjà que cette aube d'hiver.
Va, Guillaume, va donc lui dire qu'elle est libre !
Nous n'avons plus, — hélas ! mon cœur tristement vibre

Et gémit, — nous n'avons plus qu'elle maintenant.
N'allons pas, ô mon Dieu, perdre aussi cette enfant!
Ta mère, tu le sais, pousse à ce mariage.
Après tout, nous pourrons suffire à leur ménage,
Lors même qu'il voudrait lui se croiser les bras.
Dis-moi donc, à propos, pourquoi ne vient-il pas?
A-t-il fait un voyage ou serait-il malade?
J'observe que depuis certaine promenade,
Elle passe son temps, tu peux t'en assurer,
A lire, à réfléchir, quelquefois à pleurer.
Si l'on interrogeait, pendant la matinée,
Le père Siméon?...

GUILLAUME.

Quelle âpre destinée!
S'il avait seulement une position,
Un métier!... L'on verrait; mais rien, damnation!
Je me souviens qu'un jour, c'était juste aux vendanges,
Il me vanta les champs avec grandes louanges;
S'il veut, quoiqu'un tel sort détruise tous mes plans,
Nous nous arrangerons, car enfin, je le sens,
A l'aspect des chagrins de cette enfant que j'aime,
Le marasme commence à me gagner moi-même.
Non, Rose, je ne puis la laisser dépérir;
Avant ce soir, c'est dit, il nous faut en finir.
J'irai voir le pêcheur.

LA MÈRE.

J'entends marcher, écoute!

GUILLAUME.

C'est Pierre qui descend de sa chambre, sans doute.

Ils sortent.

UNE CHAMBRETTE

Tenture bleue et rideaux blancs, éclairés par un terne soleil.

ONDELINE, adossée contre son lit, un livre à la main.

Voilà plus d'un long mois qu'il n'est pas revenu
Et qu'aucun mot de lui ne nous est parvenu.
C'est un affreux tourment!... Seule, dans ma faiblesse,
Mes parents contre moi, si Raphael me laisse,
Que vais-je devenir?... L'oublier?... Je ne puis.
Que faire pour tromper mes pénibles ennuis?
Seigneur, rendez-le-moi!... Je me sentais meilleure
Quand il m'avait parlé, cœur à cœur, rien qu'une heure.

Oui, je l'ai bien compris à son air malheureux,
Il nourrissait sur moi des desseins généreux,
Et c'est avec douleur qu'il a vu sa méprise.

Je voudrais maintenant lui faire une surprise,
Et les livres, mon Dieu! n'ont qu'un maigre savoir,
Quoiqu'à les feuilleter je sois matin et soir.

D'un seul mot, Raphael illuminait mon âme.
Cette voix, dans mon sein, éveillait une flamme,
Et je voyais l'azur s'ouvrir, en l'écoutant.

Oh! si je parvenais à saisir, un instant,
Sa langue harmonieuse, ardente, pénétrante,
Je sais qu'auprès de lui j'accourrais triomphante
Et je le changerais...
Invisibles esprits,
Cachés, ensevelis sous ces mornes écrits,
Avec plaintes et pleurs, ici, je vous implore,
Élevez-moi plus haut, plus haut, plus haut encore
Vers ce bleu firmament qu'habite Raphael!

Allant à la fenêtre.

Comme la terre est sombre et comme est noir le ciel!
Cette froide saison m'a toujours attristée...
Elle m'accable, et moi, par l'amour emportée,
J'espérais la passer en d'agréables jeux.
Comme un démon cruel s'est moqué de mes vœux!

Qui me redonnera mon ancienne allégresse?
Raphael! Raphael! pitié pour ma jeunesse!

Après une courte pause, elle reprend.

Allons un peu, tandis qu'il est dans sa maison,
Allons entretenir le père Siméon!
C'est mon consolateur! Bien qu'avec ma grand'mère,
Il traite mon chagrin d'enfantine chimère
Et d'appréhension, sans fondement réel,
Ensemble nous causons au moins de Raphael.

Elle sort, murmurant à mi-voix.

Désormais, pauvre fillette,
Nul œil ne te sourira.
Germe vite, ô pâquerette!
Ta fleur me consolera.

UNE CUISINE

vaste et reluisante.

LA MÈRE, près de l'âtre, rassemble quelques tisons.

ONDELINE, passant.

Bonjour, mère!

LA MÈRE, se relevant et la suivant des yeux.

Ondeline!... Eh! qu'as-tu donc, ma fille?

Ondeline s'arrête et attend, la tête baissée.

Ton silence obstiné désole ta famille,
Réponds! quel est le mal qui cause ta pâleur?

Elle prend affectueusement la jeune fille dans ses bras.

Dis-moi! ne peux-tu pas l'oublier, par malheur?
Il te délaisse, lui.

Ondeline pleure sans répondre.

La mère, convulsivement:

Tu me déchires l'âme!
Mais parle, au nom du ciel! Parle donc... Je me pâme!...
Si ton père arrivait, tu briserais ses os.
Laisse les livres, va! reprends tes gais propos!...
Lui-même nous l'a dit, son avenir exige
Qu'il aille pour un temps, que cela ne t'afflige!

Dans quelque grande ville et peut-être à Paris...
Veux-tu l'accompagner et quitter ce logis?
Ou bien l'attendras-tu pendant plusieurs années?
Épouse Carle et rends la joie à nos journées!
Mais parle, au nom du ciel! Dis tes intentions!
Quelles seront, s'il part, tes résolutions?

ONDELINE, *froidement.*

Je l'aimerai toujours.

LA MÈRE, *s'éloignant, avec un geste douloureux.*

Ah! maudite soit l'heure
Où cet homme a franchi le seuil de ma demeure!

Ondeline sort silencieusement.

UN HANGAR

Près d'une charrue, LE PÈRE SIMÉON raccommode des filets.

ONDELINE, survenant, l'air triste.

Bonjour!

LE PÈRE SIMÉON.

Bonjour, fillette!... Asseyez-vous un peu!
Si vous le souhaitez, nous irons près du feu,
Quoique les airs soient doux, pendant les matinées.
Nous n'avons plus d'hiver depuis quelques années!
Une fois, moi, j'ai vu les bœufs de votre aïeul,
— Dieu lui change en rayons son rigide linceul! —
Passer tranquillement sur le fleuve avec Pierre,
Et ce plancher bougeait... comme le pont de pierre.
Les lourds glaçons, d'abord, se heurtaient nuit et jour;
C'était un fracas, sombre et lugubre, alentour!
Puis, un matin, régnait le plus épais silence.
Garonne était sans voix, et Boé, de son anse,
N'entendant plus ce long et sourd bouillonnement,
Semblait la contempler avec étonnement.

Nous voilà maintenant à la fin de décembre.
La bûche de Noel va brûler, dans ma chambre,
Sans pétiller ni rire aux étreintes du froid.
N'est-ce pas lundi soir qu'au-dessus de mon toit,

Les corbeaux ont jeté leur salut au passage?
Bien avant, autrefois, râlant leur cri sauvage,
Les ailes dans la nue, ils traversaient les cieux.
Pour nous autres enfants et pour les bons aïeux,
Écoutant dans l'effroi ces clameurs de ténèbres,
C'était l'affreuse meute aux aboîments funèbres,
Qu'entraîne sur ses pas un chasseur endiablé!
Ah! l'on avait alors belles moissons de blé.

Montrant les champs.

Dehors, les oisillons, comme au printemps, voltigent;
La mauvaise herbe croît; nos paysans s'affligent
Et maudissent le ciel dont la douceur leur nuit.
Hier, avant qu'en haut l'étoile du soir luît,
Le Levant s'enflamma comme un plafond de forge,
Pendant que m'arrivait, à travers notre gorge,
L'Angélus de Layrac.
Sans nul doute, il pleuvra.

ONDELINE, *vivement.*

Eh! père Siméon, dites-moi qu'il viendra,
Et je pourrai prêter une oreille attentive
A vos discours.

LE PÈRE SIMÉON.

Hélas! cette tête pensive
Renferme, j'en ai peur, un esprit inconstant.

ONDELINE.

Fi! père Siméon, quel soupçon insultant!

LE PÈRE SIMÉON.

Allons, fillette, allons! Vous êtes brave et belle.

J'ai plaisir à vous voir ainsi, ma demoiselle!
Vous aimez comme eût fait le père Siméon,
S'il n'avait pas gardé toute sa passion
Pour la Garonne... Donc, si celui-là vous trompe,
Je veux que le tonnerre à l'instant m'interrompe.
Et, tenez! il faut bien enfin vous l'avouer,
Je crois votre écheveau prêt à se dénouer.
Nos jeunes gars quêtant, chantant, courant les fermes,
Se sont aventurés, par des routes peu fermes,
Jusques à Bois-Renaud : là, Raphael a su
Qu'ils étaient de Boé. Nos hommes ont reçu
Mission d'annoncer, devinez!... sa visite.
Fillette, pour ce jour, chez moi je vous invite.

ONDELINE.

Vous ne m'abusez point ?

LE PÈRE SIMÉON.

Je vous l'ai toujours dit,
Que de fois, Raphael, un coude sur son lit,
La rafale au dehors hurlant dépenaillée,
M'a répété, le soir, prolongeant la veillée :
« Ondeline me charme à me rendre rêveur !
« Je tremble seulement que ce folâtre cœur
« Ne me comprenne point et n'oublie, un peu vite,
« S'il me faut, par malheur, abandonner mon gîte.
« Je tremble qu'à la fin, mon esprit sérieux
« Ne lui soit importun et peut-être odieux.
« Nos filles aujourd'hui sont toutes si futiles!
« Oh! si jamais je sens que mes mœurs trop viriles
« Déplaisent, je serai, le restant de mes jours,
« Malheureux et méchant. » Ainsi parlait toujours

Mon noble Raphael... Je crois, sauf maladie
Ou labeur important, à quelque perfidie :
Le malin a voulu vous éprouver, parbleu !

ONDELINE.

Ah ! certes, plaise au ciel que ce ne soit qu'un jeu !
Au dernier entretien, il me quitta, si triste
Et si découragé que ma terreur subsiste,
Malgré vos rassurants et plausibles propos.
J'ai repassé depuis, un par un, tous ses mots.
Comme mon âme est pauvre à côté de la sienne !
J'ai peur que, dans sa marche, active, aérienne,
Vers le but, caressé par son puissant regard,
Il n'aille seul en haut, me laissant à l'écart.

LE PÈRE SIMÉON.

Écoutez sur le sol ce pas, ferme et rapide !
Le reconnaissez-vous ?

ONDELINE.

Raphael !

LE PÈRE SIMÉON.

Le perfide.

RAPHAEL, apparaissant.

Salut à tous les deux !

LE PÈRE SIMÉON, emportant un filet.

Pardon ! je suis à vous,
En moins d'une seconde.

ONDELINE.

Ah ! le voilà chez nous !
Il me semblait toujours, folle et craintive femme,
Qu'on ne te verrait plus.... J'avais l'enfer dans l'âme.
Maintes fois, le matin, avant le chant du coq,
Tandis que se taisaient et la plaine et le roc,
Sans bruit, je descendais, et, les genoux dans l'âtre,
Où courait en dansant l'étincelle rougeâtre,
Je buvais à longs traits une amère liqueur.
C'était larme sur larme et douleur sur douleur !
Quand les ombres m'avaient lentement entourée,
Je me trouvais plus seule et plus désespérée.
Ma poitrine en séchait, et, rare, mon sommeil
Traînait des rêves noirs, au cauchemar pareil.
Ah ! depuis ton départ, je n'ai pas eu de joie,
Et mon cœur du chagrin fut constamment la proie.

Lui prenant la main.

Tu n'as presque rien dit... Parle donc ! Réponds-moi !
Jure qu'on ne pourra me séparer de toi !

D'un ton légèrement inquiet.

Vous ne m'avez rien dit... Oh ! comme il me regarde !
Ma pâleur s'en ira... mon Dieu ! n'y prenez garde !
Les beaux jours vont venir !... Comme nous reprendrons
Ma robe fleur de lin et les vieilles chansons !

RAPHAEL.

Ah ! viens !... et que la mort cesse, la mort avare,
Avant qu'une puissance au monde nous sépare !
L'amour qu'il me fallait, l'amour que je cherchais,
L'amour que de nul cœur vivant je n'espérais,

Il est là, dans ton sein, mon Ondeline!

ONDELINE.

Parle!
Que feras-tu, voyons, si mon père veut Carle?

RAPHAEL, avec enivrement.

Je connais une terre où partout croît le pin,
Où bondit l'écureuil, où, sur un sable fin,
Glissent en plis rieurs mille sources d'eau vive,
Où dorment de grands lacs, où, tapissant la rive,
Émergent de leur lit la mousse et le gramen,
Où l'épineux ajonc, en un folâtre hymen,
Mêle ses grappes d'or à la bruyère rose,
Où les bœufs, par troupeaux, penchant leur front morose,
Paissent en liberté le maigre et court gazon,
Où bêlent les agneaux à la molle toison,
Où leurs clochettes vont, en longues sonneries,
Porter au vent du soir de vagues mélodies,
Où chaque arbre distille en larme de cristal,
En goutte de rosée, en astre oriental
Fait pour se balancer à ton oreille fine,
Le plus pur diamant, la plus blanche résine.
Là butinent en paix d'innombrables essaims;
Là, formés en arceaux, verts et touffus, les pins
Ouvrent un sûr asile et, dans la quiétude,
S'étend à l'infini l'auguste solitude.
C'est là que loin du bruit, coulant de calmes jours,
Ma bien-aimée, on peut songer à ses amours!
Là, tous deux, nous irons, si l'on nous persécute!

ONDELINE.

Oui, tous deux, Raphael, nous mènerons la lutte.

Mon généreux amant peut commander en roi ;
Partout où tu seras, je veux être avec toi !

LE PÈRE SIMÉON, rentrant, à Raphael.

Foi d'honnête homme, allez ! la fillette vous aime
Ainsi que très-souvent vous le rêviez vous-même.
A propos, Raphael, n'êtes-vous point mouillé ?
Il a plu sur Layrac et sur le toit rouillé
Du château.

RAPHAEL, montrant ses vêtements.

Votre soin, voyez, est inutile.
Je cherchais une porte où demander asile,
Lorsque devant le seuil d'une pauvre maison
S'offre une chrysanthème en pleine floraison.
« Les mœurs, me suis-je dit, là doivent être douces,
« Puisqu'on aime les fleurs. » Après quelques secousses,
Une vieille paraît, sourit, me fait asseoir
Et veut me partager le reste d'un pain noir.
C'est ainsi que j'ai pu me soustraire à l'averse.

GUILLAUME, survenant, à part.

Ce jeune homme, à son gré, l'élève et la renverse !

Haut.

Messieurs, je vous salue !

Raphael s'incline silencieusement.

GUILLAUME, à Ondeline.

Et nous, fillette, quand
Prendrons-nous le repas ?

ONDELINE, disparaissant à la hâte.

J'oubliais qu'on m'attend.

LE PÈRE SIMÉON.

Serviteur, mon Guillaume! As-tu quelque nouvelle?

GUILLAUME, piteusement.

Je ne le vois que trop, vous êtes maître d'elle,
Cher monsieur Raphael. Si vous disparaissez,
L'enfant souffre à navrer même les trépassés.
Vous revenez, elle est vive, contente, alerte.
Tenez! depuis un mois, cela me déconcerte.
Il faut nous arranger, puisque vous êtes là.
Le père Siméon sera juge... voilà!
Répondez franchement! Une existence agreste,
Dans un petit hameau, vous plairait-elle?

RAPHAEL.

Peste!
C'est mon vœu le plus cher, le but de mes efforts.

GUILLAUME.

Ah! quel poids vous ôtez de notre cœur!... Alors,
Si nous vous accordons d'épouser la fillette,
Vous vivrez avec nous?... Loin de notre fauvette,
Sa pauvre mère et moi, vite nous vieillirons.

RAPHAEL.

En quelques mots, voici ce que nous espérons.
Vous êtes riche, vous; moi, je suis pauvre encore;
Je ne sais même pas mon chemin et j'ignore
A quelle œuvre précise il faudra se vouer.

Le nœud semble pourtant prêt à se dénouer,
Puisque je peux compter sur l'amour d'Ondeline.
Vous n'avez point connu cette grâce divine,
Vous autres ! Désormais, je suis sûr du succès ;
Ce jour, vers l'avenir, m'ouvre un nouvel accès.
Qui monte maintenant ? Est-ce l'or, la noblesse ?
Non. C'est l'intelligence, enfin reine et maîtresse !
Je veux, certes, je veux revenir près de vous
Avec des souvenirs à rendre des plus doux
Les ans que nous devrons ici passer ensemble.
On me croit aisément paresseux, ce me semble,
Pour dire le vrai mot. Je vous détromperai,
Et par les résultats, oui, vous étonnerai.
Les spectres infernaux de mes pénibles songes
Roulent dans le passé comme de vains mensonges ;
Je ne crains plus l'hiver ; mon cœur a refleuri !

GUILLAUME.

Ainsi, vous ajournez, — c'est un projet mûri, —
Votre consentement ?

RAPHAEL.

Je veux, moi, pouvoir dire
A votre fille : « Vois ! je suis sous ton empire,
« Mais je ne porte au cou point de chaîne d'argent ;
« Mais je n'ai point signé de contrat outrageant ! »
Le jeune homme qui vit sur la dot d'une femme
Et d'elle attend son pain, est un lâche, un infâme,
Un être sans fierté, quelque âme sans pudeur.

LE PÈRE SIMÉON.

Pardon ! assez longtemps, je vous ai fait l'honneur
D'écouter en silence... A moi donc la parole !

Guillaume, que veux-tu, métairie ou pistole?

GUILLAUME, *avec étonnement.*

N'importe!

Le père Siméon s'éloigne. — Raphael et Guillaume, surpris, le suivent silencieusement des yeux.

LE PÈRE SIMÉON, *revenant avec un sac qu'il pose à terre.*

Vous avez là quelques mille francs!
Avec ce que devront apporter vos parents,
Raphael, les deux parts, je crois, seront égales.

GUILLAUME.

Qu'est-ce à dire, ceci?

LE PÈRE SIMÉON.

Point de faveurs banales!
Le pêcheur ne dort pas toujours dans son hamac.
Si le cœur vous le dit, vérifiez le sac.

RAPHAEL.

Je ne puis accepter un pareil sacrifice.

LE PÈRE SIMÉON.

Par saint Roch! que le vent jusqu'au bout soit propice!
Trop longtemps, je vous guette, ô beau poisson doré!
Mon filet vous enlace et je vous lâcherai!
Non pas. Acceptez donc! Morbleu, je vous l'ordonne.
Autrement, ces écus iront dans la Garonne.
Raphael! Raphael! restez auprès de nous!
C'est pour moi que je prie autant que pour eux tous.
Votre entretien m'est bon comme le pain lui-même.

On n'imagine pas à quel point je vous aime.
Vous êtes mon flambeau ! Vous êtes mon soleil !
Je pense à vous toujours, soit veille, soit sommeil,
Et toujours votre front rayonne dans la gloire.
Je veux qu'avec la vôtre on garde ma mémoire.

GUILLAUME.

Comment ! vous hésitez ?

RAPHAEL.

Je n'ai pas varié,
Quoiqu'un si noble trait ne puisse être oublié.
Je ne décide rien sans le vieillard, au reste.

LE PÈRE SIMÉON.

S'il n'est pas d'autre ronce où s'accroche ma veste,
Nous atteindrons le port.

RAPHAEL.

Vous vous en remettez
A sa décision ?

LE PÈRE SIMÉON.

Et vous la rapportez ?

RAPHAEL.

Peut-être avant la nuit.

LE PÈRE SIMÉON.

L'affaire est résolue.

RAPHAEL.

Adieu !

Il part.

GUILLAUME.

La jugez-vous décidément conclue ?

LE PÈRE SIMÉON.

Si, contre mon attente, il échouait, je prends
Ma chaussure, un bâton et leste je me rends
A Bois-Renaud. Morbleu ! le vieillard est honnête;
Il ne voudra pas seul troubler pareille fête.
Sans l'avoir vu, je gage, et nous le montrerons,
Qu'à demi-mot, tous deux nous nous reconnaîtrons.

GUILLAUME.

Avec vous, Raphael saura mener la barque;
Il est bizarre en tout, pourtant, je le remarque.

LE PÈRE SIMÉON.

Oh ! moi je l'aime ainsi, loyal, fier, généreux !

GUILLAUME.

Pensez-vous qu'avec lui nous pourrons être heureux ?

LE PÈRE SIMÉON.

Heureux !... Avant trois mois, Rose et toi, je l'espère,
Me baiserez les mains...
Allons voir la grand'mère !
Sera-t-elle confuse en me trouvant au but !
Ses plans, grâce à mon jeu, seront tous de rebut.

Ils s'éloignent.

UN CABINET D'ÉTUDE

Plafond en coupole, azuré, semé d'étoiles.

RAPHAEL, LE VIEILLARD, assis près du feu.

LE VIEILLARD.

Acceptez, Raphael! C'est la fin du problème,
Le père Siméon parle comme Dieu même.
Voilà votre chemin et votre mission!
Nous ne devons avoir plus d'hésitation.
Votre corps, ébranlé par de longues études,
S'affermira dans des travaux virils et rudes.
A votre esprit, pourvu de tous ses instruments,
S'offriront, pour bâtir quelques beaux monuments,
Les loisirs de l'hiver : ainsi, par cette vie,
Tout votre être atteindra sa plus haute harmonie.
Oui, mon fils, plongez-vous dans les labeurs des champs.
C'est l'heure, ô Raphael!

RAPHAEL.

Il est vrai, mes penchants
M'indiquent cette voie, et cependant, je tremble
D'être porté trop vite au but... Que vous en semble ?
Je me sens tellement inexpérimenté!

LE VIEILLARD.

Ah! la réflexion, — c'est une vérité! —
Mûrit mieux que les ans. Dans cette solitude,
Concentré, recueilli, sans nulle inquiétude,
Vous avez sûrement vécu plusieurs saisons.

RAPHAEL, à part.

Au fond, je suis lié par les mêmes raisons.

LE VIEILLARD.

Devez-vous revenir là-bas, dans la soirée?

RAPHAEL.

J'ai promis. Le pêcheur compte sur ma rentrée.
Le hameau n'est pas loin, et, tenez! je me sens
Une ardeur inouïe et des jarrets puissants.

LE VIEILLARD.

Partez! Il est à plaindre, en sa triste faiblesse,
Celui qui, sur le char ailé de la jeunesse,
Dans l'ivresse du cœur, n'a pas parfois goûté
D'une course sans frein la mâle volupté!
Aller vers un doux terme, à travers l'étendue,
Sentir le sang frémir et l'âme détendue,
Errer du fleuve au roc et de l'azur aux champs,
Maîtriser la fatigue et l'espace et le temps,
C'est la félicité d'une noble nature!
Partez donc, Raphael! Sans autre procédure,
Rassurez vos amis.
Vous me retrouverez
Ce soir, près de l'église et, de là, vous pourrez

Avertir vos parents et savoir leur pensée
Sur vos futurs projets, sur votre fiancée.
Je reprends ma vigueur. Ce trajet me sourit.

RAPHAEL.

Maître! pardonnez-moi mon sot et long dépit!

LE VIEILLARD.

Me fâcher contre vous! Non. La brune hirondelle
Emporte ailleurs son nid, sa fraîche ritournelle,
Et la ruine, hélas! n'en a que plus d'horreur.
L'on vous a trop tenu sous un joug de terreur.
Vous en êtes sorti l'humeur un peu chagrine.
Pourtant, vous le voyez, une mère divine
Veille sur votre barque et la conduit au port.
Il faut y croire, tout en ramant d'un bras fort.
C'est là qu'est la vertu, la gloire, le mérite!

RAPHAEL.

Ah! je n'ai point gagné cette faveur d'élite!
Ondeline, l'enfant, la pervenche, l'oiseau
Vient de se révéler dans un aspect nouveau,
La fleur en jeune fille et la fauvette en femme,
Au fond de son œil luit je ne sais quelle flamme.
L'âme, sous ma statue, enfin a tressailli!
Qu'à mon ardent appel, elle eût encor failli,
J'étais désespéré... Ce n'est plus une étreinte
Qu'appelle ce visage où creuse son empreinte
La pensée en travail, c'est un épanchement,
C'est un noble entretien, grave quoique charmant.
L'amante est transformée en épouse, en compagne!
J'aurais pendant vingt ans, à travers la campagne,

Comme un valet de ferme, entraîné les troupeaux,
Pour pouvoir, à ce prix, échanger nos anneaux.

Se levant.

Allons! n'oublions pas la réponse promise!

LE VIEILLARD, l'accompagnant.

Au revoir, Raphael, ce soir, près de l'église.

Ils sortent.

UNE MASURE

en terre recouverte de chaume.

Devant un gros sureau, groupe de VILLAGEOIS
et de VILLAGEOISES.

Ciel froid et voilé.

UNE FEMME.

Oui, voilà, sur mon âme ! un naturel viril.

PIERRE, survenant.

Qu'est-ce donc? Qu'est-ce donc, et que se passe-t-il?

LA FEMME.

Vous ne le savez pas?...

PIERRE.

Je travaillais aux vignes,
Lorsque j'ai vu courir, en se faisant des signes,
Quelques gars effarés ; j'ai jeté mon hoyau,
Et me voici. Parlez ! Vous avez du nouveau.

LA FEMME.

C'est très-simple ! Pendant que j'achevais ma soupe,
Prête tranquillement à boire dans ma coupe,

De la masure part un lamentable cri.
Je sors, et, dans la chambre, à mon œil ahuri,
S'offre le montagnard, brisant joncs et corbeilles,
Enragé comme un ours piqué par des abeilles
Et maltraitant sa femme, assise dans un coin,
Leur petit à côté. J'apostrophe de loin
Le brutal, — il aurait, je crois, frappé sa mère, —
Et veux le sermonner d'un ton assez sévère.
Peine perdue ! Enfin s'assemblent les voisins;
Ils chuchotent entre eux, forment mille desseins
Et n'osent pas entrer. Les coups et les injures
Pleuvaient toujours plus drus; c'étaient d'âpres tortures !
Soudain, à quelques pas, sur la route apparaît
Le parent du pêcheur. D'un bond, sans nul arrêt,
Il saisit l'homme au bras, soit de gré soit de force
Le désarme, l'assoit, le regarde, l'amorce
Et ne le lâche plus que le hideux taureau
Ne soit devenu doux, souple comme un agneau.
On les a vus tous deux se promener ensemble.
Ce jeune homme promet d'être rude, il me semble.

UN PAYSAN.

Monsieur Carle, dit-on, s'est aussi présenté.

LA FEMME.

Vers la fin, quand le tigre était presque dompté.

LE PAYSAN.

On prétend qu'il n'est pas étranger à la rixe.
L'Espagnole est jolie ; il venait à jour fixe
La visiter, si bien qu'à la fin, le mari
Non sans raison, a fait tout ce charivari.

LA FEMME.

Il a même fallu déguerpir un peu vite
Quand le vannier s'est mis à sortir de son gîte
Montrant les poings.

PIERRE.

Voici le père Siméon
Et monsieur Raphael ! Je crois, par saint Léon !
Sur quelques mots récents, échappés à mon maître,
Que le mariage est en bon chemin, peut-être.

LE PAYSAN.

Raconte-nous l'affaire à ton tour.

PIERRE.

Volontiers,
Tout en nous retirant.

Villageois et villageoises se dispersent.

Arrivent Raphael, le père Siméon, Guillaume, la mère.

GUILLAUME.

Bah ! de vilains métiers !
C'est mal d'intervenir sans aucun caractère.
Cet homme était chez lui, de plus fort en colère ;
Vous vous êtes, parbleu ! gravement exposé.

LE PÈRE SIMÉON.

A sa place, je vois, tu n'aurais pas osé.

RAPHAEL.

Mon Dieu ! n'en parlons plus ! c'est une bagatelle.
La démarche à mes yeux était très-naturelle ;

Je n'ai pas pu songer qu'elle eût quelque péril.
Mais, j'aurais préféré rôtir vif sur un gril,
Que voir paisiblement rosser la malheureuse.
Vous avez maintenant une réponse heureuse
Du vieillard. Adieu donc! Je vous laisse contents
Et m'en vais dès ce soir prévenir mes parents.

Il part.

GUILLAUME.

Il faut rendre justice à son esprit, en somme :
Comme on fait d'un enfant, il maniait cet homme;
Quel dommage qu'il n'ait aucune ambition!
Il obtiendrait un jour la décoration.

LA MÈRE.

Une femme avec lui sera, j'en ai l'indice,
Respectée en tous lieux comme une impératrice.
Le père Siméon l'a connu mieux que nous.

LE PÈRE SIMÉON.

Attendez! attendez qu'il vive parmi vous!
Voici notre Ondeline amenant la grand'mère.

Ondeline apparaît donnant le bras à la grand'mère.

ONDELINE.

Ah! je respire enfin... Quelle minute amère!
Que ne l'avez-vous vu sous les griffes du loup?
Les hommes ont frémi, bonne mère, à ce coup
Et les femmes ont fait, par terreur instinctive,
Un grand signe de croix. Puis, pendant l'invective,
Tous les regards pliaient sous son puissant regard,
Et l'homme l'écoutait en silence, hagard,

Comme un démon, couché sous le talon d'un ange.
La foule stupéfaite à cette scène étrange
Se taisait, retenant sa respiration ;
On eût dit notre église à l'élévation.

LA GRAND'MÈRE.

Je l'avais deviné, quand émue, attendrie,
Je répétais, après certaine causerie :
« C'est un dominateur, celui-ci, je le sens ! »
Aujourd'hui, les vieillards comme les jeunes gens,
Inclinés et muets, l'ont reconnu pour maître.
Pour toi, je le prévois, les plus beaux jours vont naître.
Sa tête resplendit sous un triple rayon :
Il est intelligent, il est brave, il est bon !
Mais, qu'est-il devenu ?... Répondez-nous, vous autres ?

LE PÈRE SIMÉON.

C'est l'histoire toujours de mes plans et des vôtres !
Vous arrivez trop tard. L'oiseau s'est envolé ;
Seulement, le message en mes mains a roulé.
Nous en reparlerons, si l'on veut, près de l'âtre.
Sur le ciel point partout quelque place bleuâtre ;
Les nuages rompus, cardés en blancs flocons,
Invitent à quitter, pour le lit, les balcons.
Il est temps de rentrer, mes amis ! Vent de bise
Perce la peau, dit-on, ainsi que la chemise.

Ils s'éloignent.

UNE TERRASSE

immense regardant la plaine de la Garonne et du Gers; l'église d'un côté, de l'autre un cimetière et des maisons.

RAPHAEL, LE VIEILLARD.

RAPHAEL, tourné vers l'église.

Je le regarde enfin sans remords, sans effroi,
Ce temple redoutable !... Oh ! ce n'est pas à moi
Que le Sauveur a dit : « Vends tout ton héritage;
« Donne le prix au pauvre et marche à mon image ! »
Non, non, l'amour n'est pas une de ces erreurs,
Permises seulement aux plus infimes cœurs.
L'homme s'était trompé. Libre, pur de bassesse,
Aimé selon le rêve ardent de ma jeunesse,
Je m'avance, ravi, vers un doux avenir,
Et ma vaine terreur n'est plus qu'un souvenir.
Ma mission, sortant des nébuleuses cimes,
M'apparaît plus conforme à mes penchants intimes.
Je vois s'évanouir mon atroce douleur,
Ce noir pressentiment, que mon dur Créateur
Ne m'eût point réservé d'Ève, charmante et belle.
Comme mon œil sourit à cette aube nouvelle!

LE VIEILLARD.

Raphael, allez voir promptement vos parents.
Déjà, l'ombre confond les sentiers et les champs.

RAPHAEL.

Où vous retrouverai-je? Ici?

LE VIEILLARD.

Sur le chemin.

Raphael s'éloigne.

LE VIEILLARD, *seul.*

S'il vous faut, ô Seigneur, un holocauste humain,
Apportant à vos pieds le tribut de la terre,
Épargnez le jeune homme et que votre tonnerre
Frappe, dévore, achève un front déjà blessé!
Épargnez l'avenir et prenez le passé!

Il marche pensif la tête inclinée. — Apparaissent trois bourgeois.

PREMIER BOURGEOIS.

Quel est ce promeneur?

DEUXIÈME BOURGEOIS.

Sur sa haute stature,
Il n'est pas malaisé de dire sa figure.
Pour sûr, c'est le vieillard qui loge à Bois-Renaud.

TROISIÈME BOURGEOIS.

L'inconnu, l'étranger qui nous nargue du haut
De son nid de hibou, du haut de sa science,
Méprisant nos écus et jetant la semence
D'un affranchissement, général et pervers,
Chez le peuple, ébloui même de ses travers!

Moi, je ne puis aimer une pareille engeance.

Ils passent.

LE VIEILLARD.

Le passé n'a-t-il pas, Seigneur, trop de souffrance?...
Ah! laissons le passé!...
Comme le firmament
Resplendit! Chaque étoile est un pur diamant...
Oui, je resterai seul sur ma triste colline...
Laissons donc l'avenir!...
Comme en bas s'illumine
La plaine ténébreuse où dorment les hameaux!

Il fixe rêveur l'orient bleuâtre.

Apparaissent deux ouvriers en blouse.

PREMIER OUVRIER.

Vois comme le vieillard contemple les coteaux!
Morbleu! que ne veut-il prendre en main nos affaires!

DEUXIÈME OUVRIER.

Et nous multiplier ses avis salutaires.

Ils passent.

LE VIEILLARD.

Partons! vif et subtil, l'air me glace le sang.
Raphael va pouvoir patiner sur l'étang
Et fournir d'un pied sûr ses longues promenades.
S'en iront-ils enfin ces jours gris et maussades?...

Il disparaît.

UNE HAUTEUR

Au-dessus, la voûte céleste, pleine d'étoiles ; au-dessous, scintillant dans la brume, le village de Layrac.

RAPHAEL, LE VIEILLARD, arrêtés.

RAPHAEL.

En deux mots, j'ai transmis l'affaire à mes parents.
Ils nous laissent agir et m'ont paru contents.
Pourquoi jusqu'aux beaux jours retardez-vous la fête ?

LE VIEILLARD.

Pendant ces quelques mois, soit dans le tête-à-tête,
Par de doux entretiens, nobles ou gracieux,
Soit par lettres, de loin, votre esprit sérieux
Finira d'amener la jeune fiancée
Dans le monde serein et pur de la pensée :
Un amant est toujours mieux goûté, mieux compris
Que les plus éloquents et les meilleurs maris.
Plus tard, comme l'enfant garde et sauve la femme,
Ces épîtres d'amour, vrais miroirs de votre âme,
Rajeuniront souvent vos cœurs dans l'avenir
Et seront pour vous deux un touchant souvenir.
Et puis, j'ai souhaité, durant ma longue vie,
Voir tout se dérouler au sein de l'harmonie,

Les jeunes gens s'unir au réveil du printemps,

A part.

Les vieillards s'en aller avec l'herbe des champs.

Ils s'éloignent silencieux.

RAPHAEL, fredonnant.

« Je suis ta Muse, ô poëte !
« A mon oreille discrète
« Conte ton vœu le plus cher !
« — Avec sa mise simplette,
« Voir passer une fillette,
« Sur la neige, un jour d'hiver !

« — Mais encore, ô mon poëte,
« Tu sais mon âme discrète !
« N'as-tu rien plus regretté ?
« — Murmurant sa chansonnette,
« Voir encore ma fillette
« Me sourire, un soir d'été ! »

LE PRINTEMPS

UNE MAISON

large et haute, ombragée par un bel acacia.

UN JOUEUR DE HARPE, chantant et s'accompagnant au pied de l'arbre en fleurs.

Sous les ondées,
L'herbe a grandi.
Monts et vallées
Ont reverdi.
Battant des ailes,
Avec le jour,
Les hirondelles
Sont de retour.

Sors, Puella, blonde épousée,
A mes chansons !
L'aube sourit et la rosée
Tremble aux buissons.

Dans une rose,
Son fil tissé,
Le sylphe pose
Son front lassé.
Fleur ou ramure,
Brise ou ruisseau
Gaîment murmure
Le renouveau.

Sors, Puella, blonde épousée,
A mes chansons !
L'aube sourit et la rosée
Tremble aux buissons.

Déjà la plaine
A palpité
Sous une haleine
De volupté.
En traits de flamme
L'ardent soleil
Partout proclame
Le grand réveil.

Sors, Puella, blonde épousée,
A mes chansons !
L'aube s'enfuit et la rosée
Brille aux buissons.

La porte s'ouvre.

ONDELINE, apparaissant, des fleurs humides à la main.

Qui t'a conduit ici ? Nous sommes loin des routes
Et seuls, les rossignols nous charment de leurs joutes.
Jamais tes compagnons ne nous ont visités.

LE JOUEUR DE HARPE.

Voici. — Je dépassais, aux premières clartés,
Ce gros village, lorsqu'un grand vieillard m'aborde
Et me mène, en causant, par un chemin que borde
Un rang de marronniers et de genêts en fleur,
Devant le noir château, bâti sur la hauteur.
Nous avons, demoiselle, en nos pèlerinages,
Vu de nombreux manoirs et de beaux ermitages ;
Nulle part comme là je ne me crus, grands Dieux !
A mi-côte du ciel, aussi vrai qu'à mes yeux
Vous rappelez la plus jeune de nos madones.
Or, sous une fenêtre, en un clos d'anémones,
Gaîment je préludais, quand la vitre soudain
S'est ouverte, et, tendant son front brun et sa main,
Un jeune homme a jeté son salut avec grâce.
A la fin de mon chant, du doigt marquant l'espace :
« Zanetto, m'a-t-il dit souriant au vieillard
« Et du geste guidant sur ce point mon regard,
« Va jouer ton aubade au hameau, sur la porte
« Où croît l'acacia !... Que le Seigneur t'escorte ! »
Alors le grand vieillard m'a glissé quelques sous,
En ajoutant pourtant que, si quelqu'un de vous
M'interroge, il faudra sur le moment répondre :
« A moins que du soleil le globe ne s'effondre,
« Ils viendront tous les deux se promener ici
« Avant que les sommets à la nuit aient noirci. »
Puis, ils m'ont souhaité de concert bonne route
Et les remerciant, je suis parti.
Sans doute
Que ce chemin conduit à quelque fameux bourg ?
Je vois des toits là-bas et comme un long faubourg.

ONDELINE.

Prends d'abord !... C'est Agen qui paraît à main droite !
Si tu ne te perds pas en course maladroite,
La Garonne te guide encore mieux que tout.
De plus, je te promets de l'ombre jusqu'au bout.
Adieu !

LE JOUEUR DE HARPE.

Merci !

Il s'éloigne.

ONDELINE.

Voyons ! il faut dire à ma mère
Qu'ils arrivent tous deux...
C'est un beau jour, j'espère !

Elle rentre.

UN BOIS DE SAULES

Sous les hautes herbes fleuries courent et gazouillent des filets d'eau vive.

RAPHAEL, LE VIEILLARD, assis sur le talus du chemin, au soleil couchant.

RAPHAEL.

A mesure que vont et les mois et les jours,
Un trouble insurmontable et s'augmentant toujours
Me saisit; dites-moi, serait-ce ma jeunesse
Qui s'épouvanterait de sa grande faiblesse
En face des nouveaux et sérieux devoirs ?
Il me semble à présent que les sombres pouvoirs,
Tourmenteurs acharnés de mon adolescence,
Jaloux de ma subite et douce délivrance,
Vengeront tôt ou tard leur défaite... J'ai peur,
A vous le confesser, même de mon bonheur !

LE VIEILLARD.

Voyez ces horizons, Raphael ! La nature
Sait unir avec goût l'azur et la verdure;
Réconciliez donc harmonieusement
Dans votre esprit ému la terre au firmament,
Et vous aurez atteint la fin de la sagesse.
Avant la nuit, enfant, cette folle tristesse,

Près de votre Ondeline aura perdu son fiel
Et la coupe d'amour n'aura plus que du miel.
Renvoyez les soucis après le mariage !
Assez tôt l'âge mûr plombera ce visage.
Déridez maintenant votre front trop pensif.
Comme notre coteau déroule pur et vif,
Dans la pourpre du soir, son manteau d'émeraude !

RAPHAEL.

Chaque matin, à l'heure où vers l'orient rôde
Un rayon, frais et blanc, colorant mes rideaux,
Je me lève, et, tandis que les fleurs, les oiseaux
S'éveillent alentour, tandis que nos colombes
Roucoulent dans leur cage et qu'au loin des palombes
Répondent à leur voix, tandis que dans les blés
La caille glousse et court, qu'aux bois échevelés
Le loriot moqueur siffle sa ritournelle
Et que quelques moineaux bruyants sont en querelle,
Tandis qu'au long des rocs chante le laboureur,
Que le fleuve revêt une molle vapeur
Et qu'à ma lèvre joue une brise embaumée,
Je contemple le toit où dort ma bien-aimée.
Le soir, lorsque, dans l'air, diaphane et serein,
L'épithalame monte et plus calme et plus plein,
Ma dernière oraison, ma suprême pensée,
C'est un long souvenir, maître, à ma fiancée.
N'est-ce pas une vie à courroucer le ciel ?

LE VIEILLARD.

Laissez les vieilles peurs, mon jeune Raphael,
Et ne transformons point, par de vaines alarmes,
Ce lumineux séjour en un vallon de larmes.

Montrant les saules.

Comme sous les arceaux de ce noir corridor
Le soleil caressant filtre en averse d'or!
Sur ces champs, sur ces eaux, sur toute cette cime,
Quelle placidité, solennelle et sublime!

RAPHAEL.

Êtes-vous reposé, maître, suffisamment?
Le temps passe et l'on doit nous attendre ardemment,
Si le joueur de harpe a rempli son message.

LE VIEILLARD.

L'Italien avait trop espiègle visage
Pour avoir pu manquer un pareil coup de gain,
Car il aura là-bas encor tendu la main.

Se levant.

J'ai hâte aussi de voir la nouvelle famille,
Le père Siméon et votre jeune fille.

Ils partent.

UNE PRAIRIE

Çà et là des meules de foin; au bout, la Garonne.

ONDELINE, LA MÈRE, LA GRAND'MÈRE,
assises sur le gazon.

ONDELINE, rassemblant des fleurs en bouquet.

Ils viendront tous les deux, à la nuit, au plus tard.
Ah ! vous n'avez pas vu, vous autres, le vieillard !
Ils ne tarderont guère, à mon avis, car l'ombre
Des hauts coteaux s'étend sur la plaine plus sombre,
Et, rouge, la cerise étincelle au couchant.

LA GRAND'MÈRE, sa quenouille au côté et tendant
une tige de chèvrefeuille.

Prends soin que tes bouquets soient emportés, avant
Leur arrivée, ou bien les fleurs courront le risque
De voir se replier leurs feuilles et leur disque.

ONDELINE.

Encore une autre branche, et ce sera la fin.
Ce bouquet, bonne mère, est du plus beau dessin;
Il se compose aussi de plantes odorantes,
Comme vous les aimez.

LA GRAND'MÈRE.

Elles sont ravissantes.

ONDELINE.

Je veux vous le donner... Mère, choisis le tien!

LA MÈRE, travaillant à l'aiguille.

Je m'en rapporte à toi. Ton goût sera le mien.

ONDELINE.

Voilà!... Je cours placer chacun d'eux dans son vase;
Puis, j'irai sur la route, avant que le soir gaze
Et mêle les objets... Dès qu'ils apparaîtront,
Je vous avertirai.

Elle emporte ses bouquets.

LA MÈRE.

Quand ils arriveront,
Croyez-vous que Guillaume aura coupé son seigle?

La grand'mère lui fait signe de se taire.

ONDELINE, chantant sous les peupliers sonores.

Quand vient la fenaison,
Entendez la grenouille!
Écoutez la chanson,
Grand'mère, du grillon,
Et laissez la quenouille,
Quand vient la fenaison.

LA MÈRE.

Il nous faudrait au moins les recevoir en règle.

LA GRAND'MÈRE.

Ondeline l'aura promptement appelé.

LA MÈRE.

Ah! notre papillon sans doute s'est brûlé.
Les voici près de nous; ils sont tous trois ensemble.

LA GRAND'MÈRE.

Comme le grand vieillard à notre saint ressemble!

Surviennent Ondeline, Raphael, le vieillard.

LE VIEILLARD, s'inclinant.

Me pardonnerez-vous d'avoir pris cet enfant
Pour moi, jusqu'à ce jour?... C'était mon confident.
Je serais accouru plutôt sans mes fatigues.
Où donc est le pêcheur?... Je connais ses intrigues
Et je veux au public en faire le bilan.

GUILLAUME, apparaissant.

Bonsoir, maître, bonsoir!

RAPHAEL.

C'est monsieur Mérian!

GUILLAUME.

Oui, prêt à vous servir.

LE VIEILLARD.

Monsieur, je vous salue.
Et la fête? Pour quand l'avons-nous résolue?

LA GRAND'MÈRE.

J'aperçois le pêcheur.

LE VIEILLARD.

Par le seigneur du ciel,
C'est vous qui m'enlevez ce brave Raphael.

Tendant la main au père Siméon.

Ah ! père Siméon, l'on ne peut plus écrire
Que jeunesse et vieillesse aiment à se maudire.
Si les ans ont un peu ralenti notre pas,
On a pourtant le cœur encor chaud, n'est-ce pas ?

ONDELINE.

Visitons mon jardin, avant que le jour meure !
Je vous invite tous ! c'est la saison et l'heure.

LE VIEILLARD.

Partez ! Dans un instant, tous nous vous rejoignons.
Raphael, le meilleur, bien sûr, des compagnons,
Vous suivra.

RAPHAEL.

Volontiers.

Ils s'éloignent.

LE VIEILLARD.

L'instant est trop propice.
A ce jeune homme, ici, je dois rendre justice.
Jeune fille amoureuse a rarement rêvé
Un époux plus viril, plus pur, plus éprouvé.
Sa tête réunit une double couronne :
Les grâces du printemps et les fruits de l'automne.
Il n'a pas seulement de simples qualités,
Il a de la vertu. Son œil, plein de clartés,

Atteste une conduite irréprochable, austère,
Et dans l'ampleur du front, au contour si sévère,
Sont écrits noblement ses titres de grandeur.
Un jour, quand les trésors de ce généreux cœur
Vous seront dévoilés, en toisant ses émules
Vous vous exclamerez, gais et fiers, sans scrupules,
Ainsi que je le fais maintenant devant vous :
« Notre cher Raphael est le plus grand de tous ! »

Ils s'éloignent.

UN JARDIN

Haie vive d'un côté; de l'autre un ruisseau, au fond une charmille.

ONDELINE, RAPHAEL, s'avançant dans une allée.

Ciel azuré et limpide.

ONDELINE.

Sous ce magnolia, je mets des violettes.
A Boé, tu le sais, l'on aime ces fleurettes.
Sous les brises de mars et d'avril, leurs essaims
Autour de nos maisons parfument les chemins.

Au pied de ces lilas, voici des renoncules,
Des crocus, des muguets, des lis, des campanules.
Mes plantes vont toujours par énormes massifs,
Ombragés de rosiers, de grenadiers et d'ifs.

La fleur simple, à senteur, m'est assez sympathique :
Verveine, basilic, immortelle, angélique,
Lavande, réséda, sauge et puis romarin.

Traversons maintenant ce berceau de jasmin
Et venons admirer les bords de ma cascade.

Arrêtons-nous un peu sous cette épaisse arcade

De cobœas grimpants et de volubilis,
Près de ces orangers et de ces tamaris!

Le gazon est semé de menthe et joncinelle,
Véronique, glaïeuls, hyssope et fraxinelle,
Tandis que, dans le lit même de mon ruisseau,
Croissent en verdoyant et montent à fleur d'eau
Nénuphar, sagittaire, iris et ményanthe.

En ton honneur, ici, j'ai planté cette acanthe
Et par ces murs noircis, arrondis de contour,
J'ai voulu simuler les débris d'une tour.

S'asseyant.

Attendons sur ce banc le vieillard et sa suite.

RAPHAEL.

Qui donc t'a, dans cet art, si savamment instruite?

ONDELINE.

A l'endroit où tu vois s'élever, triste et seul,
Ce jeune arbre encor frêle, était un beau tilleul.
J'aimais son odeur fine et sa douce attitude.
Avec grâce et vigueur comme avec promptitude
Il étendait au loin ses rameaux délicats,
Lorsque, au dernier avril, il ne reverdit pas.
Mon père hasarda vainement un remède.
Le père Siméon à son tour lui succède,
Le vieux Pierre, ma mère... Hélas! ce fut en vain.
« Ne le tourmentez plus, m'écriai-je à la fin,
« Enlaçant de mon bras l'écorce desséchée;
« Mes soins n'ont rien valu. La racine est touchée. »
J'en baisai doucement le pauvre tronc muet

Et pendant quelques jours, avec un vif regret,
Il me sembla revoir ses fleurs, molles et blanches,
M'adressant, en tombant avec leurs longues branches,
Un douloureux appel et de poignants adieux.
C'était mon premier arbre ainsi mort sous mes yeux!...

Un jour, tu m'as parlé, dans une aimable lettre,
Dont le cher souvenir de clartés me pénètre,
Des Muses qui versaient à ton esprit féal,
En chastes visions, la soif de l'Idéal,
Amantes au front pur, aux paroles de flamme,
Ravissant aux hauteurs et préservant ton âme !

Montrant ses fleurs.

Crois-tu, mon Raphael, que je n'ai pas eu là
Des guides sûrs et bons ?... Répondez à cela.

RAPHAEL, avec enthousiasme.

Oh ! belle je te vois comme l'intelligence,
Comme la poésie et comme l'espérance,
Belle comme l'amour !
Écoute ! A l'autre bord
Du fleuve, près d'Agen, ondule, va, se tord
Un mince et long sentier. Dès que, dans l'herbe folle,
La jaune primevère a levé sa corolle,
A travers les buissons et contre les talus,
Point le myosotis ; là, montant au-dessus
D'un essaim endormi de douces violettes,
Sur sa hampe, à côté de hautes pâquerettes,
Le bouton d'or reluit dans un frais clair-obscur,
Et la pervenche sort en étoiles d'azur.
Que de fois, dans les flots, lacérant chaque plante,
J'ai lancé, furieux, leur tige pâlissante !

Alors, je ne savais à quel œil les offrir.
Oh! je sais maintenant pour qui j'irai cueillir
Les fleurs de l'art avec les fleurs de la vallée.
O sourire d'amour de ma nuit constellée!
Tu seras désormais la douce vision
Qu'évoquera mon cœur dans la tentation,
Car pure je te sens comme ces Pyrénées,
Dont la cime, pendant les belles matinées,
Nous apparaît si blanche au fond du calme azur!
Près de toi, quel destin pourrait me sembler dur?...

A l'entrée du jardin apparaissent le vieillard, le père Siméon, les parents.

ONDELINE.

Ah! voici le vieillard!

Ils vont à sa rencontre.

LE VIEILLARD, au père Siméon.

Que j'aime, aux lueurs roses,
Voir tous ces frais massifs rouvrir leurs fleurs mi-closes!
Heureuse, bienheureuse, ô père Siméon,
L'âme où vit une pure et forte passion!
Elle s'est séparée à jamais du vulgaire.
Ce jardin me repose ainsi qu'un sanctuaire.

LE PÈRE SIMÉON.

Je voudrais cependant montrer mon univers.
Laissez-moi vous porter jusques à votre Gers!
Mon bateau sera fier de pareille visite.

LE VIEILLARD.

Eh! puis-je refuser quand votre voix m'invite?

RAPHAEL.

Bien dit, maître!

ONDELINE.

Partons.

Ils disparaissent entraînant le vieillard et le père Siméon.

GUILLAUME.

Où trouver, par hasard,
Un hôte comparable à ce digne vieillard ?
Et dire qu'on l'avait chargé de mille blâmes!

LA MÈRE.

Auxquels nous avons cru, nous-mêmes, pauvres âmes.
Il me semblait ouïr le Christ, notre Seigneur.

LA GRAND'MÈRE.

Oui, c'est vraiment ainsi qu'on nous peint le Sauveur.

Ils se retirent.

LA GARONNE

ONDELINE, RAPHAEL, LE VIEILLARD,
assis dans un bateau.

LE PÈRE SIMÉON, debout, radieux, une longue rame à la main.

A ceux-là, l'océan ! A ceux-ci, la montagne !
Aux autres, la forêt ! Au pêcheur, pour compagne,
La Garonne !
                    Voyez nos superbes tableaux ;
En face, les moulins, juchés sur leurs coteaux,
Découpant dans le bleu leurs ailes immobiles !
Arrière, déployant ses arches et ses piles,
Le grand pont ! Près de nous, plus beau que tout, Boé
Vert et fleuri, pareil au jeune marié,
Avec grâce apparaît sous les vagues sereines !
A vous les hauts sommets ! A nous les vastes plaines !...
Maître ! que dites-vous enfin de notre lot ?

LE VIEILLARD.

Hé ! père Siméon, ce doux et calme flot,
Aux inondations n'a pas que des caresses.

LE PÈRE SIMÉON.

C'est vrai, notre Garonne a des heures traîtresses.

Morbleu! moi je l'ai vue, en larges tourbillons,
Déracinant les bois, défonçant les sillons,
Rouler un glas de mort comme un tigre en démence!
D'Agen jusqu'à Layrac, c'était un gouffre immense,
Où nageaient pêle-mêle ici des animaux,
Là des meules de paille et mille nids d'oiseaux!
Haletante, blêmie et la face écumante,
Elle glaçait d'effroi la jeunesse hésitante.
Je la domptais pourtant, et ma rame jamais
N'a plié sous la peur, n'a plié sous le faix.

LE VIEILLARD.

Ici, d'autres que vous exercent-ils la pêche ?

LE PÈRE SIMÉON.

Avant tout, à Boé, nous manions la bêche
Et sommes laboureurs : la terre et ses moissons
Rendent meilleur produit que l'onde et les poissons...
Mais, nous savons aussi conduire une charrue.

RAPHAEL.

Votre fête de mai sera-t-elle courue,
Cette année?

LE PÈRE SIMÉON.

Ah ! les jeux, les danses et les chants
Comme la jeune fille, ont déserté les champs.
Voix et jambe, autrefois, n'étaient jamais lassées.
Il n'en est plus ainsi. Nos gloires sont passées.
La Garonne a perdu ses plus gais amoureux.
Il m'en souvient encor, c'étaient des jours fameux !

LE VIEILLARD, montrant Ondeline et Raphael.

Ils reviendront, allez ! grâce à ces folles têtes.

LE PÈRE SIMÉON.

Puisse mon œil revoir toutes ces belles fêtes !

LE VIEILLARD.

Oublions le passé ! Regardons l'avenir !

RAPHAEL.

Vivent les rêves bleus ! A bas le souvenir !
Du levant au couchant, la nuit étend ses voiles ;
Sur les eaux, dans l'azur vacillent les étoiles,
Et sous les noirs taillis brillent les vers luisants.

Au vieillard.

Pour quelle époque a-t-on convoqué les parents ?
Car les accords sont faits maintenant, j'imagine.

LE VIEILLARD.

Il ne tient pas à moi que vite on ne termine ;
Mais Guillaume, au conseil l'emportant à la fin,
Prend huit jours pour soigner les apprêts du festin.

On n'entend plus que les voix du soir et le clapotement des lames contre le bateau.

ONDELINE, chantant.

Sur la Garonne, au crépuscule,
Glisse une barque de pêcheur.
Déjà vaguait la libellule
Et tous les bois étaient en fleur.

Livrant aux airs sa chevelure
Et sa barque au léger courant,
Le pêcheur suit le sourd murmure
Du flot plaintif et nonchalant.

ONDELINE, RAPHAEL.

Garonne, ô blanche fée, à la voix si rêveuse,
Ondulant comme un cygne à travers nos coteaux,
Lentement, lentement, ô belle paresseuse,
Plus lentement encor ici roule tes eaux.

ONDELINE.

Mais, tandis que le flot l'entraîne,
Le pêcheur s'endort doucement ;
La lune en haut planait sereine,
Le tremble frémissait au vent.
Or, une voix au loin s'élève,
Et le pêcheur, au même instant,
Parmi les saules, sur la grève,
Voit une forme se mouvant.

ONDELINE, RAPHAEL.

Garonne, ô blanche fée, à la voix si rêveuse,
Ondulant comme un cygne à travers nos coteaux,
Lentement, lentement, ô belle paresseuse,
Plus lentement encor ici roule tes eaux.

ONDELINE.

C'est une femme au frais visage,
Au voile bleu, souple et flottant ;
Elle se tresse en vert feuillage
Une guirlande et va chantant :

9

J'aime, ô pêcheur, ton front candide
Et je veux guider ton bateau
Où mon onde est la plus limpide,
Où mon rivage est le plus beau.

ONDELINE, RAPHAEL.

Garonne, ô blanche fée, à la voix si rêveuse,
Ondulant comme un cygne à travers nos coteaux,
Lentement, lentement, ô belle paresseuse,
Plus lentement encor ici roule tes eaux.

ONDELINE.

Quand le pêcheur enfin s'éveille,
Le fleuve a pris un air nouveau :
C'est un beau lac dont l'eau sommeille
Entre le jonc et le roseau.
Il se bâtit une cabane
A l'endroit même où s'est formé,
Les pieds dans l'onde diaphane,
Mon doux village de Boé.

ONDELINE, RAPHAEL.

Garonne, ô blanche fée, à la voix si rêveuse,
Ondulant comme un cygne à travers nos coteaux,
Lentement, lentement, ô belle paresseuse,
Plus lentement encor ici roule tes eaux.

Ils disparaissent.

UNE PROMENADE

plantée d'ormeaux et traversant le village de Layrac.

DEUX COMMÈRES, assises sur un banc de pierre.

PREMIÈRE COMMÈRE, montrant une maison, pleine de voix et de chants.

Regardez Raphael avec sa jeune dame,
Là-bas! C'est qu'il a pris une charmante femme.

DEUXIÈME COMMÈRE.

Mon parent, monsieur Carle, a toujours comparé
La fillette au poulain sauvage, évaporé,
Tenu dans les déserts, tant elle était mutine!

PREMIÈRE COMMÈRE.

On dit que Raphael au labour se destine.

DEUXIÈME COMMÈRE.

Vraiment! Fallait-il donc noircir tant de papier
Et perdre tant d'écus pour se mettre bouvier?
C'est un beau résultat! Avis à nos familles,
Fières de leurs garçons ou de leurs jeunes filles,
Cherchant à trop soigner leur éducation
Et voulant les caser dans quelque pension.

Que sert à Raphael tant de philosophie ?
En fauchera-t-il mieux l'herbe de sa prairie ?
Même deviendrait-il maire de son hameau,
Il aurait encor lu trop de jours au bureau.
Mes fils, entendez-vous ! j'en donne ma parole,
Ne flâneront pas tant sur les bancs de l'école.

PREMIÈRE COMMÈRE.

Avouons qu'il a su pourtant se marier.

DEUXIÈME COMMÈRE

Oui, la jeune Ondeline, on ne peut le nier,
A montré plus d'esprit que toutes nos fillettes.
La plupart, se laissant conter mille sornettes,
Attendent sous l'ormeau, pendant que nos garçons
Leur débitent au nez de pratiques leçons.

PREMIÈRE COMMÈRE.

Chut ! chut ! en voici trois mûres pour la vendange.

Apparaît un groupe de demoiselles élégantes.

PREMIÈRE DEMOISELLE.

Il t'aimait ?

DEUXIÈME DEMOISELLE.

J'aurais pu l'épouser.

TROISIÈME DEMOISELLE, à part.

C'est étrange !

Haut.

Je pense que quelqu'un te le déprécia.

PREMIÈRE DEMOISELLE, à part.

Qu'aurait fait Raphael de ce lourd dahlia ?

Elles passent.

Arrivent des musiciens. — Accompagnés par les instruments, un jeune homme et une jeune fille chantent en jetant des fleurs.

LE JEUNE HOMME.

Coupons, semons ensemble
Le cytise léger !
En couronne rassemble
Le myrte et l'oranger !

LA JEUNE FILLE.

Coupons, semons ensemble
Les roses et les lis !
A la feuille du tremble
Joins le vert tamaris !

A DEUX.

La nuit d'amour est ramenée !
Pour vous se lèvent les beaux soirs.
Mêlez, amants, dans l'hyménée,
La tresse blonde aux cheveux noirs !

LE JEUNE HOMME.

Coupons, semons ensemble
Le bluet et le thym !
En couronne rassemble
L'iris et le jasmin !

LA JEUNE FILLE.

Coupons, semons ensemble
Le frêne et le laurier!
A la feuille du tremble
Joins le pâle olivier!

A DEUX.

La nuit d'amour est ramenée!
Pour vous se lèvent les beaux soirs.
Mêlez, amants, dans l'hyménée,
La tresse blonde aux cheveux noirs!

De la maison sortent Ondeline et Raphael, Guillaume et sa femme, le père Siméon, puis un long cortége.

DEUXIÈME COMMÈRE.

Je vois que le vieillard n'était pas de la noce.
Il est farouche ainsi qu'une bête féroce.

PREMIÈRE COMMÈRE.

Il est souffrant depuis cinq à six jours bientôt.
Voilà pour quel motif ils vont à Bois-Renaud.

DEUXIÈME COMMÈRE.

Examinez un peu, s'il vous plaît, cette robe!...
Vous arrivez trop tard : l'arbre nous la dérobe.

PREMIÈRE COMMÈRE.

Ces deux ont bonne mine au moins sous leur foulard.

Apparaissent deux fillettes.

PREMIÈRE FILLETTE.

Je l'aurais accueilli gentiment, pour ma part.
Tu lui plaisais, c'est sûr.

DEUXIÈME FILLETTE.

J'ai cru qu'il voulait rire.
Le voilà marié !

PREMIÈRE FILLETTE.

J'ai souvent ouï dire
Qu'il désirait aimer une fille des champs.
Son vœu s'est accompli.

Elles passent.

DEUXIÈME COMMÈRE.

Partons, il en est temps.

Elles s'éloignent.

UNE ALLÉE

bordée de marronniers et de genêts.

ONDELINE, RAPHAEL, LE VIEILLARD.
descendant, à la nuit.

RAPHAEL.

Laissez-nous demeurer encor près de vous, maître !
On ne peut vous quitter seul, fatigué peut-être,
Après avoir été malade cet hiver.

LE VIEILLARD.

Ma santé se refait. Partez en paix, mon cher !

RAPHAEL.

Ondeline déplore aussi votre insistance.

LE VIEILLARD.

Enfants, vous comprendrez un jour mon existence.
En attendant, allez, Raphael, commencez
A suivre les conseils que je vous ai tracés.
Il faut que je constate, ô ma brune hirondelle,
Que vous pouvez suffire à cette œuvre nouvelle,
Et qu'en vous y poussant je n'ai point fait d'erreur.
Sachez rester heureux, ô futur laboureur !

Ne cédez plus sans cesse à la mélancolie !
Ma mission sur vous ainsi sera remplie.
Complétant chaque jour votre intime beauté,
Reposez-vous enfin dans la sérénité.
Vous vous êtes vraiment conquis l'indépendance;
Jouissez à loisir de votre délivrance !
Achevez au hameau de mûrir vos talents !
Puis à vous les honneurs réservés aux vaillants !

Pour vous, mes fiancés, la nuit grave, imposante
Revêt sa majesté la plus éblouissante :
L'éclatant Orion flambe comme un volcan ;
Rouge et fixe, à côté, scintille Aldébaran,
Tandis que Sirius, clair et vif, à l'aurore,
Monte vers le zénith comme un beau météore;
Il semble se baigner dans le bleu le plus pur;
Comme il sème en rayons l'argent, l'or et l'azur !
C'est l'âme frémissante, âpre, passionnée,
L'astre de la jeunesse!... Au contraire, tournée
Vers les froids horizons de l'extrême occident,
L'âme, désabusée et calme cependant,
Se plaît à s'incliner vers l'étoile du pôle.

Ah! ne me laissez pas vous prendre par l'épaule,
Raphael! Le cortége est déjà loin d'ici.
Écoutez son refrain ! Partez sans nul souci !

VOIX LOINTAINES.

La nuit d'amour est ramenée !
Pour vous se lèvent les beaux soirs.
Mêlez, amants, dans l'hyménée,
La tresse blonde aux cheveux noirs !

LES FEUILLES MORTES

ÉPILOGUE

UNE COLLINE

baignée par un clair soleil d'octobre.

LE VIEILLARD, rêveur, assis sur un banc de gazon, au pied d'un grand chêne.

Comme, sous ces lueurs, les coteaux et la plaine
S'enveloppent au loin d'une teinte sereine!
Comme en lames de feu luisent les cerisiers!
Frêle et pâle, au soleil, la feuille des osiers
Scintille, et, sur le fleuve, une blanche ceinture
De brouillard a roulé doucement; la nature
Auguste et recueillie entre dans le repos.
Un nouvel univers est lentement éclos.

Dites! n'est-ce pas vous, amours immaculées,
Visions de printemps pour jamais envolées,
N'est-ce pas vous qu'on voit prêter au soir mourant,
A l'automne, à nos bois ce charme pénétrant?

Leurs tons décolorés, leur transparent feuillage
Ramènent tristement, ô vierges, votre image
Et rappellent à l'œil le front des trépassés.

Belles clartés de l'aube, ombres des jours passés,
Cœurs forts et généreux, âmes pleines de charmes,
Flambeaux de notre siècle, ô mes compagnons d'armes,
N'errez-vous pas aussi parmi ces blancs rayons?

Pour vous, ô mes enfants, chères affections
De ma haute vieillesse, ô mon œuvre suprême,
Prémices d'avenir, mon plus pur diadème,
Puissiez-vous dignement intercéder pour moi !
Puisse votre esprit vivre et mourir dans ma foi !

Il tombe dans une contemplation profonde.

ONDELINE, RAPHAEL, survenant, joyeux.

Salut, maître, salut!

LE VIEILLARD.

Salut, mes jeunes anges!

RAPHAEL.

Ah! nous avons mené rudement les vendanges,
Et la chasse et la pêche!... On s'amuse chez nous !

LE VIEILLARD.

Hé bien! mon Raphael, comment vous trouvez-vous?

RAPHAEL.

Toujours plus fort, et vous?

LE VIEILLARD.

Et moi, toujours plus calme.
Ainsi, pour votre cas, j'ai mérité la palme,
Car vous êtes enfin dans votre mission.

RAPHAEL.

Franchement, jugez-vous mon appréhension
Puérile ou fantasque?

LE VIEILLARD.

Hélas ! non. — A mon âme
Se représente encor une chrétienne femme
Du nom de Léona... Jeune fille, elle avait,
Se tenant jour et nuit à leur morne chevet,
Perdu l'un après l'autre et son père et sa mère.
Après avoir passé par cette épreuve austère,
Elle avait épousé, dans un moment fatal,
Un homme sans culture et quelquefois brutal.
Il la méconnut vite. Elle, paisible et douce,
Supporta sans murmure une telle secousse,
Et, le soir, quand le maître à ses plaisirs allait,
Elle, dans sa maison, lisait ou travaillait,
Livrant sa solitude à de graves pensées.

Or, un jour, sous son toit, — les tresses ramassées,
Frêle et blanche, elle était dans toute la clarté
De sa mélancolique et céleste beauté! —
Un jeune homme parut et causa. Sa parole
Berça la pauvre femme ainsi qu'une gondole.
C'était là l'idéal caressé par l'amour!
Elle en rêva bientôt. L'imprudent, à son tour,
S'enivra du parfum émanant de la femme,
Belle et chaste. Leur cœur couva la même flamme.

Parfois, l'infortunée avait d'âcres remords.
Elle luttait, pleurait et s'avouait ses torts.
La terreur de l'enfer chez elle était extrême.
A ces combats, son front de pâle devint blême.
Elle augmenta de soins, d'égards pour son mari.
Il ne devina point qu'il était son abri.

Le jeune homme resta longtemps sans reparaître.
Elle s'imagina qu'il l'oubliait peut-être
Et l'attendit en proie à d'amères douleurs.
Un cercle noir cerna ses yeux, gonflés de pleurs.
Comme un spectre, elle errait lentement par la chambre,
A la vitre souvent.
On était en novembre.
Chaque pas qui sonnait au dehors, l'attirait.
Frémissante, anxieuse, elle ne respirait
Qu'avec difficulté, les coudes sur sa chaise.
Le mari n'eut aucun souci de ce malaise
Et même n'en parut que plus insouciant.
L'autre n'arrivait pas. Le cœur impatient :
« Mon Dieu! murmurait-elle, il m'aura délaissée!
« Aurait-il donc enfin trouvé sa fiancée?

« Au fait, reprenait-elle, il est jeune, il est fort,
« Il est intelligent... A moi seule est le tort.
« N'ai-je pas mon mari? Qu'attendre d'une femme?
« Pourtant, un bon regard ranimerait mon âme.
« Oh! le voir une fois, seulement une fois! »

Elle ne pleura plus à la fin. Un lourd poids
Opprima sa poitrine, et, la face ternie,
Elle sentit venir une atroce agonie.
La nuit, — une âpre nuit, — se levait tristement.

Au dehors, le mari causait nonchalamment.
Tout à coup, — elle était penchée à sa fenêtre; —
Le cœur lui tressaillit... Il venait d'apparaître!
Enfin, il arrivait!
                    Elle n'y put tenir.
Son regard se voilait, elle allait défaillir.
Lui monta lestement et dit, ouvrant la porte :
« Bonsoir, ma Léona! » D'une main presque morte
Elle le salua sans répondre un seul mot.
« Qu'avez-vous? reprit-il surprenant un sanglot.
« —Oh! rien, trop de bonheur, vois-tu, soupira-t-elle,
« Depuis un si long temps je n'avais de nouvelle!... »
Sa voix devint si faible et les mots si confus
Que, tout en l'entendant, on ne comprenait plus.
« Oublions! lui dit-il achevant sa pensée,
« Je t'aime, Léona, c'est toi ma fiancée! »
La pauvre femme alors se mit à le fixer
En silence, serrant sa main à la froisser,
Comme pour le garder à jamais auprès d'elle.
Le jeune homme, attendri par cet amour fidèle,
Pour le passé voulant obtenir son pardon,
La contemplait avec un immense abandon.
« Allons, embrasse-moi! murmura-t-elle ensuite.
« N'as-tu pas trop longtemps éludé ma poursuite? »
Il inclina sa tête et, prêt à l'embrasser,
Il sentit tout à coup la femme l'enlacer,
Dévorant de baisers ses lèvres et sa joue.
« Embrasse-moi, sinon ton cœur me désavoue,
« Répétait Léona... Craindrais-tu l'enfer, toi? »
Puis : « J'ai peur, cria-t-elle en tremblant, sauve-moi! »
Alors : « Meure notre âme, exclama le jeune homme,
« Et cédons à l'amour! C'est là la vie, en somme. »
Sur ces mots, il la prit ardemment dans ses bras

Et tous deux, éperdus, oubliant le trépas,
Et la terre et l'enfer, prolongeaient leur étreinte,
Quand Léona, soudain, fit entendre une plainte.
Son corps se détendit ; son regard s'altéra,
La mort l'enveloppait... A l'aube, elle expira.

Raphael! Raphael! elles n'étaient point vaines
Vos appréhensions!... De ses mains souveraines,
J'ai senti le Destin, dans cette nuit d'horreur,
Au morne isolement river mon triste cœur.

Quand vous m'avez conté, le long de notre fleuve,
Vos noirs pressentiments et votre lourde épreuve,
Ma jeunesse déçue, errante sous les cieux,
Cherchant sa mission, s'est levée à mes yeux.
Un moment, j'ai frémi, craignant qu'à mon image,
On ne vous eût gardé pour un sombre veuvage.
Mais Ondeline vint; je combinai mon plan.
Elle rompit le charme et fut mon talisman...
N'ai-je pas été sage?... En ce terme suprême,
Vous pouvez savamment me condamner vous-même.

RAPHAEL.

Ah! vous m'avez guidé comme un maître divin,
Et je comprends le sens de votre vie enfin.

LE VIEILLARD, caressant une apparition lumineuse.

Oui, j'ai connu des temps de radieuse gloire,
Et leur flamme déjà réchauffe notre histoire.
Oui, j'ai connu des temps de splendide réveil
Et votre siècle encor s'éclaire à leur soleil.

O rares survivants de nos grandes journées,

Mes maîtres en talent, mes frères en années,
Vénérables témoins des triomphes passés,
A quel coin de la terre, êtes-vous dispersés?

Quelle aube, ô mes amis! La patrie était belle
Et sa jeunesse alors nous semblait éternelle.
Poëtes inspirés, vous tous que j'ai connus,
Penseurs au vaste front, qu'êtes-vous devenus?

C'est l'heure, jeunes gens, de marquer votre place;
De tenter la fortune avec un cœur tenace.
Appelez ce pays à des progrès nouveaux,
Et, sur ces morts nombreux, montrez quelques berceaux!

Au monde est une ville, immense et renommée,
Où vit un peuple ardent, où la nue enflammée,
Comme d'un Sinaï couvrant les nations,
Darde ses longs éclairs à tous les horizons,
Où trône en Jéhova la puissante science,
Où les arts, se jurant une étroite alliance,
Éclos, épanouis sous des astres cléments,
Ont tour à tour laissé leurs plus beaux monuments,
Où le grave concert des hommes de génie
Envoie à tous les vents sa sereine harmonie,
Où près des vieux tombeaux, féconds en souvenirs,
Germent avec vigueur les jeunes avenirs,
Où, pour le calme esprit, aimant la solitude,
A travers l'innombrable et folle multitude,
Au fond de verdoyants et magiques bosquets,
Règne la liberté même de vos guérets,
Où, fille des Titans et maîtresse du monde,
Travaille avec fureur à son œuvre profonde
La moderne industrie, en route vers le ciel.

C'est là qu'il faut aller maintenant, Raphael!
Si vous savez saisir cette heure fortunée,
Si vous savez répondre à votre destinée,
Si vous savez enfin, ô mes jeunes époux,
Écouter le vieillard, l'âge d'or est à vous!

Ils se retirent pensifs, silencieux.

UNE PLACE

Au fond d'une allée de tilleuls jaunissants,
une église de hameau.

LE PÈRE SIMÉON, GUILLAUME, assis sur un banc de bois, au soleil couchant.

GUILLAUME.

Je vois sans déplaisir arriver le dimanche,
Maintenant.

LE PÈRE SIMÉON.

Raphael a donc pris sa revanche!

GUILLAUME.

Jusqu'aux vêpres, il m'a constamment diverti.
C'est un gai compagnon!

LE PÈRE SIMÉON.

Je t'avais averti.

GUILLAUME.

Ma femme, en ce moment, serait fort en détresse
S'il fallait, pour garder et soigner sa vieillesse,
Choisir entre son gendre et sa fille.

LE PÈRE SIMÉON.

Crois-moi !
Tu seras avant peu dans un plus grand émoi.
Nous le verrons remplir toutes mes prophéties
Et réduire à néant les vieilles inepties.
Le soleil n'est encor qu'à son lever.

GUILLAUME.

Morbleu !
Je n'aurais jamais cru sous ce corps un tel feu :
Il m'a vaincu jeudi pour le labour des vignes.
Et dire que j'ai pu, sur des rapports indignes,
Lui préférer longtemps ce fermier de Cablon,
Un fat, rossant déjà sa femme, un vrai brouillon !
Comme va prospérer ma belle métairie!

LE PÈRE SIMÉON.

Pourquoi le bon vieillard a-t-il quitté la vie,
A l'heure du repos, et pourquoi, sort jaloux,
A-t-on dû le pleurer à l'instant le plus doux?

GUILLAUME.

Oui, le départ fut prompt. C'est une lourde perte !

LE PÈRE SIMÉON.

Il avait conservé sa vieillesse si verte !

GUILLAUME.

Il me semble le voir, avec ses cheveux blancs,
Son air doux, calme et bon, ses regards vifs et francs...
Quand Raphael et lui s'entretenaient ensemble,
Lui, plus majestueux que notre plus haut tremble,

L'autre, souple arbrisseau, je ne sais pas pourquoi,
Il me venait au cœur comme un profond émoi...
C'était un beau spectacle !

LE PÈRE SIMÉON.

Écartons ces pensées !
Regarde nos enfants, les mains entrelacées,
Les bras nonchalamment passés autour du cou,
Une épaule inclinée et poussant du genou
La porte du jardin ! Allons-nous les rejoindre ?

GUILLAUME.

Volontiers.

LE PÈRE SIMÉON.

Une étoile en haut commence à poindre

GUILLAUME.

Passons le long du fleuve, auprès du cabaret.
J'ai besoin, en rentrant, de parler au valet.

Ils se lèvent et partent.

UNE CHARMILLE

ONDELINE, RAPHAEL, enveloppés dans un crépuscule d'automne.

ONDELINE, s'asseyant sur un banc.

La mort du bon vieillard ne m'avait pas encore
Permis de t'en parler, sombre fut ton aurore !...

RAPHAEL.

Ma jeunesse, en effet, eut de ternes rayons.
Je ne fus pas traité comme mes compagnons.

Vers cet âge où l'enfant gai, rieur et folâtre,
Aime les jeux bruyants, moi, penché près de l'âtre
Ou perdu dans les bois, quelque livre à la main,
Poursuivant, solitaire, un bizarre chemin,
J'avais pour notre culte une ferveur extrême.
Ces goûts avaient trompé mes maîtres et moi-même.
On me persuada que ma vocation
M'appelait aux autels. Cette position,
Présentée à leurs yeux comme un saint privilége,
Sourit à mes parents. Des succès de collége
Avaient fait espérer que je pourrais fournir
Une solide route, uu brillant avenir.

Égaré trop longtemps par ma fausse tendance

Et par des directeurs, coupables d'imprudence,
Je finis par douter de cette mission
Et par chercher ailleurs ma destination,
L'emploi de mes talents et le but de ma vie.
Mes maîtres, mes parents, le Sort, avec furie,
M'accablèrent au point de me désespérer.
J'étais seul pour lutter et seul pour m'éclairer.
En moi violemment protestait la nature.
Mon cœur se roidissait contre sa sépulture.
Je n'osais pas pourtant briser mon avenir.
Mais une nuit, — j'en ai gardé le souvenir, —
La lune, en plein éclat, illuminait ma chambre;
La voix d'un rossignol et comme un parfum d'ambre
M'arrivaient du dehors : mon cœur se révolta
Et mon âme opprimée ardemment éclata :
« Soyons libre et vivons ! m'écriai-je, docile
« Aux amoureux appels de la terre nubile.
« Jamais ton amitié, ta faveur, Dieu puissant,
« Ne calmeront le feu de mon sein haletant,
« Et, jusque dans tes bras, le charme de la femme
« De tes adolescents toujours ravira l'âme. »
Sans pouvoir fermer l'œil, je me mis à rêver.
A l'orient, pour moi venait de se lever
Une aube de saphir, sereine, enchanteresse.
J'avais dès ce moment ressaisi ma jeunesse;
Un éclatant soleil m'envoya ses rayons.

Pareille toutefois à ces inscriptions,
Se gravant par le fer au tronc d'un mol arbuste,
L'empreinte subsista longtemps, profonde et fruste.
Dans mon sein scrupuleux naissaient mille remords,
Accrus, envenimés par les traits du dehors.
Mon cœur sans aliment se dévorait lui-même

Pendant que, sous la peur d'un maudit anathème,
Mon Dieu m'apparaissait en terrible vengeur,
Tout prêt à me fermer les routes du bonheur.
Sans amour et sans goût pour aucune carrière,
Sans ami, d'une humeur mélancolique et fière,
Je vécus pauvrement.
« Age de liberté !
« Saison de poésie et de félicité ! »
Murmurait le vulgaire. Hélas ! que mon sourire
Déguisait de sanglots et quel amer martyre !
Le jeune homme est parfois plus lourdement chargé
Que l'homme mûr.
On peut, sans aucun préjugé,
Prononcer dès ce jour l'éloge de nos pères.
Travailleurs obstinés, économes, austères,
Ils ont eu leur instant de gloire et de beauté.
Par leur âpre labeur, a vraiment augmenté
Le bien-être de tous et leur bras indomptable
A fait, sans flatterie, une œuvre impérissable.
Par eux nous sommes rois de la création ;
Par eux nous avons eu loisirs, instruction.

Par malheur, en poussant leurs fils vers la lumière,
Nos aïeux sont restés au bord de leur ornière,
Puissants de volonté, mais d'un esprit perclus :
Aussi, l'on a fini par ne s'entendre plus.
Tandis que tes parents méconnaissaient mon âme,
Ma famille sur moi jetait à flots le blâme
Et ne comprenait pas mon atroce tourment,
Ni mes perplexités ni mon isolement.
Une sœur que j'aimais consolait ma misère.
Visage souriant, facile caractère,
Elle avait ton œil bleu, tes souples cheveux blonds.

J'espérais agrandir aussi ses horizons
Et peut-être en former une femme d'élite
Comme toi... Je comptais sans une âpre visite.
Elle partit, — quelque ange à mes soins suppléa, —
Dans la fleur de son âge, ainsi que Lauréa
Dont je ne puis jamais redire l'aventure,
Sans que l'ombre chérie à mon esprit murmure
Une plainte, amenant des larmes dans ma voix.
Cette absence rendit plus pesante ma croix.

Enfin, au moment sombre où l'aveugle fortune
S'acharnait à me faire une vie importune,
Où mes parents déjà se détournaient de moi
Et me considéraient avec un morne effroi
Comme un de leurs fléaux, regrettant ces études
Qui m'avaient séparé des sottes multitudes,
Où mes meilleurs amis me jugeaient durement,
Alors que mon humeur s'aigrissait sourdement,
Que, rêvant des bandits la liberté sauvage,
Mon âme au désespoir courait vers son naufrage,
Quand l'art même fermait sur moi son paradis,
Le vieillard, — les aïeux m'ont toujours bien compris ! —
Se présentant, m'ouvrit une main généreuse,
M'attira sur son sein, et, d'une voix joyeuse :
« Viens, me dit-il, tous deux, nous braverons le sort,
« Et tu pourras partir d'auprès de moi, plus fort,
« Sinon heureux. »
C'était le salut !
Sa demeure
Comme une tour d'ivoire où chantait à toute heure
Un sylphe aérien, releva mon espoir.
Incomplet cependant, isolé, son manoir
N'aurait pu me suffire et je souffrais encore

Comme Adam s'éveillant seul et triste à l'aurore,
Sans cesse harcelé par mes pressentiments,
Lorsque tu m'apparus.

A tes refrains charmants,
Sous les hauts peupliers, près du fleuve : « O Mireille !
« Pensai-je, fleur agreste et vierge sans pareille,
« Doux rêve enseveli dans les plis de mon cœur,
« Amour de mes quinze ans, n'as-tu pas une sœur ? »

Le vieillard m'a sauvé de mon mauvais génie.
Tu m'as ouvert l'Éden, toi, mon Ève bénie.

ONDELINE, se levant.

Regarde ! A l'horizon clair et bleu, Bois-Renaud
Profile son front noir, et le chêne, là-haut,
Comme il dresse dans l'air sa couronne admirable !
C'est l'arbre du vieillard.

RAPHAEL, contemplant la colline.

Grâce à ce maître aimable,
Le destin est vaincu ; j'ai conquis le bonheur.
Je le vois maintenant, le prêtre du Seigneur
C'était vous, ô vieillard !... Ame noble et discrète,
Vrai juste, vrai martyr, vrai sage et vrai prophète,
Repose doucement !... Par ce dôme étoilé,
Ton suprême désir, certes, sera comblé.
Je veux, je veux atteindre à ta beauté morale,
O grand cœur, revêtu d'une gloire idéale.

Et toi, Christ, porte ailleurs ton appel désormais !
Sourd aux vaines clameurs des hommes, pour jamais,

Comme le roseau berce un nid de penduline,
Sur ton sein, je m'endors en paix, mon Ondeline.

Dans la plaine passe, en s'enveloppant de tonnerres et de vapeurs, une locomotive.

ONDELINE.

Veux-tu rentrer? Entends ces formidables sons.

RAPHAEL.

Quelle heure?

ONDELINE.

Je ne sais.

RAPHAEL.

Un instant, écoutons!

A l'entrée de la charmille, debout et silencieux, un doigt levé, ils prêtent l'oreille. — Une horloge au loin frappe sept coups.

RAPHAEL.

Hé bien?

ONDELINE, riant.

J'étais distraite. Et toi?

RAPHAEL.

Tiens! moi, de même.
Nos parents sont là-bas près de ta chrysanthème.
Allons à leur rencontre!

Ils s'éloignent, lorsque apparaissent le père Siméon et la grand'mère, puis Pierre, et les parents d'Ondeline.

LE PÈRE SIMÉON, montrant Ondeline et Raphael.

Habiter avec eux,
La Garonne à côté, c'étaient là tous mes vœux !

LA GRAND'MÈRE.

Oui, grâce à Raphael, grâce à notre Ondeline,
Sur nous visiblement plane une main divine !

Ils se retirent tous ensemble.

LE FOYER

éclairé par la lueur de quelques charbons.

Çà et là, autour de l'âtre, LE PÈRE SIMÉON, GUILLAUME, LA MÈRE, LA GRAND'MÈRE, PIERRE, silencieux, presque endormis; puis, dans l'ombre, ONDELINE, à demi renversée sur sa chaise et caressant les boucles noires de RAPHAEL assis à ses genoux. Par intervalles, monte, sourde mais puissante, la rumeur de la Garonne.

ONDELINE, perdue en une vision sereine et chantant à mi-voix.

Dors, enfant!
La nuit est descendue; un son dans l'air ondule
Clair et lent;
Sur les sommets brunis décroît le crépuscule.
Dors, dors, ô mon enfant!

Que les beaux rêves,
Penchés en rond,
Charment ton front
De molles trêves!

Loin, loin, démons,
Semez vos craintes!
Jetez vos plaintes
Ou vos chansons!

Saintes phalanges,
En long rideau,
Sur ce berceau,
Volez, doux anges!

Dors, enfant!
La nuit est descendue; un son dans l'air ondule
Clair et lent;
Sur les sommets brunis décroît le crépuscule.
Dors, dors, ô mon enfant!

FIN.

IMPRIMERIE TOINON ET Ce, A SAINT-GERMAIN.

Imprimerie L. Toinon et Cie, à Saint-Germain.

www.ingramcontent.com/pod-product-compliance
Ingram Content Group UK Ltd.
Pitfield, Milton Keynes, MK11 3LW, UK
UKHW031856260826
14628UKWH00002B/812

9 782019 983086